【mystery】（英文）

①神秘的事情、謎團。

②推理小說、懸疑作品。

【推理】

根據已知的證據去推敲還未知道的事情。

歡迎進入推理愛好者的人生——

放學後懸疑推理學會

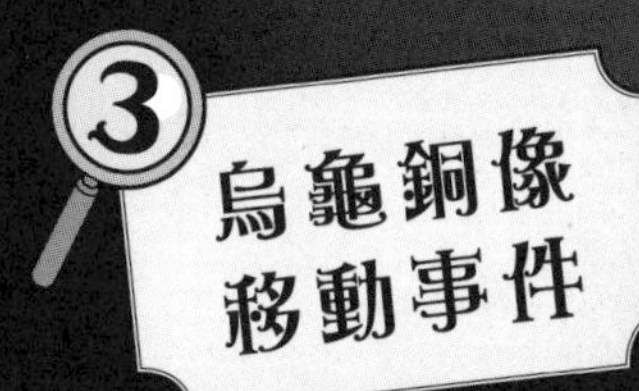

3 烏龜銅像移動事件

知念實希人 著

Gurin. 繪

新雅文化事業有限公司
www.sunya.com.hk

故事主角，平凡的小四學生，擁有一些特殊技能；同樣是懸疑推理學會的成員。

運動全能，在班上很受歡迎，也是懸疑推理學會的成員。

去年從英國轉校而來的插班生，很喜歡看推理小說，是懸疑推理學會的成員。

阿理的同學，也是太一的鄰居，自幼跟他一起長大，是個膽小的女孩。

阿理的同學，是班上身型最巨大的學生，力氣很大。

是四年一班的班主任，亦是懸疑推理學會的顧問老師。

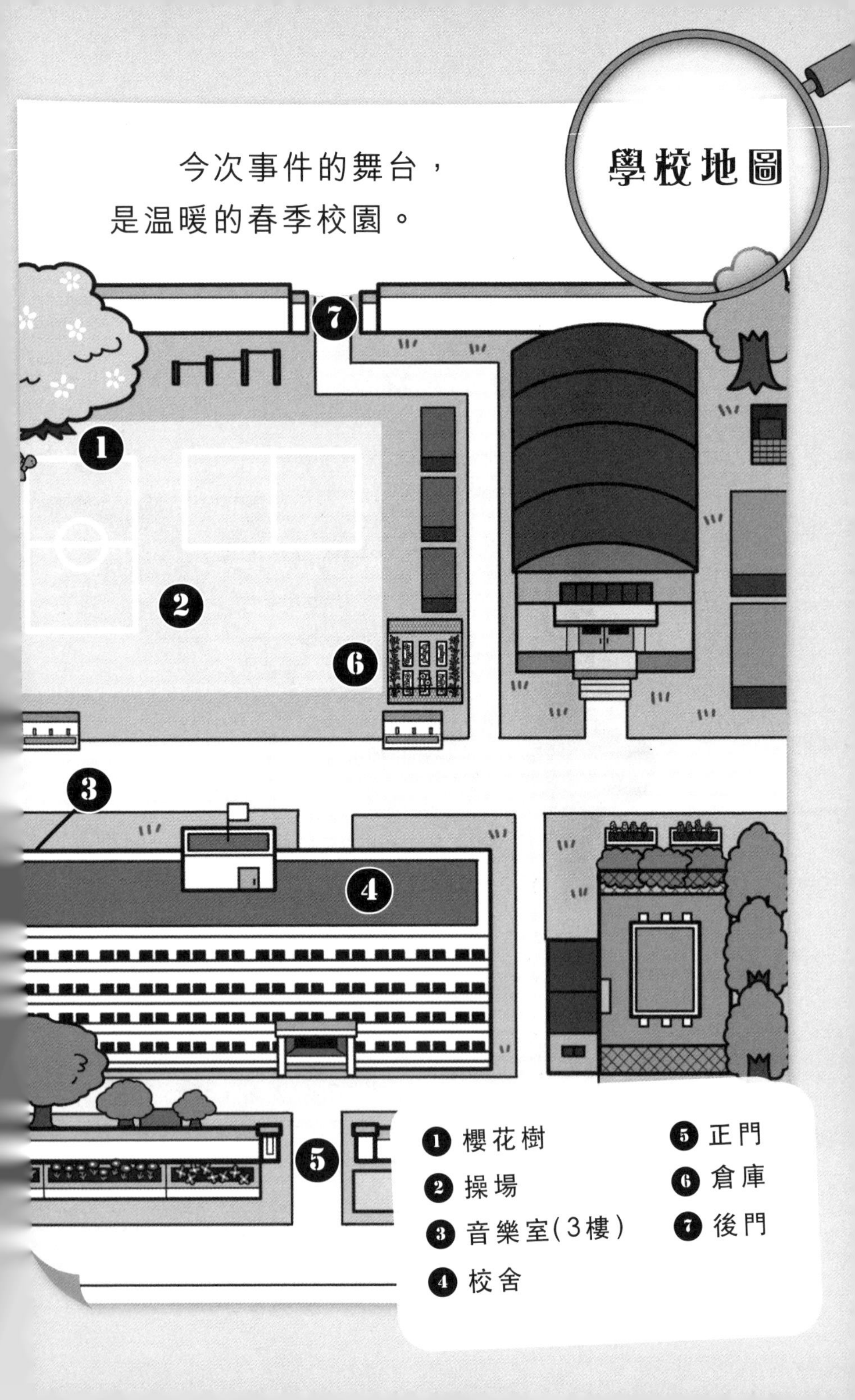

今次事件的舞台，
是温暖的春季校園。
學校地圖
❶ 櫻花樹
❷ 操場
❸ 音樂室(3樓)
❹ 校舍
❺ 正門
❻ 倉庫
❼ 後門

目錄

序章　事件發生

好，接下來只欠一個人。

在春天温和的日照下，重田太一在心裏鼓起勁吶喊。

太一跟班上的朋友趁着午休，在操場一角進行躲避球比賽，而他的隊伍正在領先。

對手的隊伍只餘下一名成員在場內，只要將這名成員也打倒，太一的隊伍就會勝出。

場內太一的隊友拿着球慢慢接近中線，而在場外的太一，卻走到敵人的後面稍稍半蹲着。

現在留在場上的敵方同學很擅長閃避，正常向他投去的球，他都能避得過。太一打算趁他避球的時候，接住隊友投來的球，再立即投向那名敵方同學。

太一身材高大，所以很不擅長閃避，也因此，他在比賽一開始就立即被擲中了。可他的投擲威力卻是全部人當中最厲害的，他就算到了場外，也把三個人打倒了。

隊友用盡力伸展手臂，準備投擲，可在投出的瞬間，他卻滑了一下腳，失去了平衡。他投出去的球，別說打中敵人，竟然還高高飛過了正嚴陣以待的太一頭上。

球直直飛到操場角落的櫻花樹附近。

「真是的，你把球投到哪裏去啊？」

聽到太一的話，把球投失了的隊友合十雙手道歉：「對不起！對不起！」

「真拿你沒辦法。」太一說着，歎了口氣，轉身去找球。

午休快要結束，不快點把敵方全部成員打倒，比賽就會平手。沒時間了，得快點拾回球去解決他們才行。

鼓起幹勁的太一來到櫻花樹下，在周圍的樹叢尋找掉落的球。

這個時候，太一跟一雙圓滾滾的眼睛對上了。

「嘩！」太一嚇得大叫，還跌坐在地上。

「烏龜？」他坐在地面疑惑地說。

烏龜伸着頸項，在綠葉之中伸出頭來。仔細一看，它雙眼大大的，嘴巴像是開心地微笑着，是個十分可愛的銅像。

看向綠樹叢裏面，會窺看到巨大的烏龜殼。

「什麼？是銅像嗎？嚇死人了。」太一按着胸口說，他的心臟正噗通噗通跳動。

「喂，太一，怎麼了？」

「沒事，我這就過來。」太一拾起掉落在烏龜旁的球，往操場走回去。

可是，那裏之前有這座銅像的嗎？正當太一腦中出現疑問之時，學校的鐘聲也響起來了。那是下午課堂的預備鈴聲，這場比賽得在午休完結前作出了斷。

太一不再想烏龜銅像的事，只集中想着如何對付最後一個敵人。

我一定可以取勝的。

太一鼓足幹勁跑起來，用盡全力把球投出去。他投出去的球劃破了風，成一條直線向着對手飛去。

身為目標的敵方男同學慌張地想避開來球，可是球來得比他預想的稍微快了一點，於是手腕被球打中了，球也接不住就掉在了地上。

「成功了！」在鈴聲響起的同時，太一這一組全都高舉雙手歡呼。

「咦？烏龜銅像？在我們學校的操場內？」早乙女華背着粉紅色書包，戴着眼鏡，她不斷眨動着一雙大眼睛問。

在玩躲避球後的翌晨，太一跟小華這對好鄰居兼同學一起上學，太一說：「對，你知道我們常在操場上玩躲避球的位置吧？就在那附近一角的樹叢處，烏龜銅像把頭伸了出來。你記得那裏有銅像嗎，小華？」

「不，沒有印象。女生都不大會到那邊玩啊。」

「也對呢。」太一把雙手交疊在腦後說。

「我們也不常到那邊的樹叢，不過，我覺得如果那裏之前已經有銅像的話，我們應該會早就發現到。」

「那麼，可能是有人最近擺放在那兒？」小華歪着頭說。

「但是感覺又不像是這樣呢，因為那個銅像只有頭部露出來，烏

龜殼差不多全部都藏在樹叢之中。而且，整個銅像都很髒，就像已經放置在那裏有一段時間……」太一邊說邊回想昨天看到的銅像。

「就是說銅像之前已經存在，卻一直沒有人發現它？好像感覺有點恐怖……」小華有點不安地縮了縮脖子說。

太一看到小華害怕的樣子，立即慌亂地擺着手說：「不，那個銅像是頗可愛的，不是可怕的東西，你看到也一定會喜歡啊。」

「哦？原來是可愛的銅像嗎？那我可有點想看看呢。」

「我們回課室之前去看看吧。」

「不過，我們趕得及嗎？不會遲到嗎？」

「沒問題的，我們平常總是早十五分鐘就回到課室，現在只是到操場一角看看，只要三分鐘時間左右就夠了。」

「對啊。好，那我也想去看看。」

太一看到小華的表情放鬆下來，就鬆了一口氣。

小華自幼已很膽小，太一記得幼稚園的時候，他們一起看繪本，內容是說做了壞事的小孩會被幽靈帶走，小華因為太害怕而哭了起來。現在他們雖然已經四年級了，但小華還是很怕聽恐怖的故事，如果不小心聽見班上的同學說可怕的話題，她晚上就會害怕得失眠。

明知道小華很容易害怕，到底自己為什麼要跟小華說起銅像一事呢？太一在心裏反省。

不過，看到那個銅像之後，小華一定不會再害怕了，因為那個烏龜銅像很可愛嘛。

「好，那我們走吧！」太一舉起拳頭，開始快步走起來。

「等我一下啊！」小華匆忙在後面追上去。

他們快步走回學校，所以比平時早了三分鐘到達。二人沒有進入校舍，而是直接走向操場。

「就在那裏啊，看！這裏也看得見。」太一邊走邊指着操場離校舍最遠的位置。

「哪裏啊？」小華睜大眼睛張望。

「你仔細看，就在那邊啊。看，烏龜在葉子中伸出頭來了。」

「啊，真的呢，看見了看見了。」小華一副開心的模樣走向銅像，太一也跟在後面。

「嘩，真的好可愛，它好像在童話故事中走出來的烏龜。」小華微笑着輕撫烏龜銅像的頭。

太一看到她的樣子，就安心地說：「看，我就說不可怕的啦。」

「嗯，一點也不可怕。不過啊，為什麼烏龜的殼有一半藏在樹葉裏？」

「你說什麼有一半藏在樹葉裏？它只有頭部伸出來啊……」太一說到這裏，再也說不出話來。

烏龜銅像的身體，確實有一半露出來了，昨天太一看到的烏龜明明是在比較後的位置。可是，為什麼會這樣的？

「銅像……它移動了？」太一用微弱的聲音吐出這幾個字。

1 開始搜查！

「銅像移動了？」午飯時間，吃完午餐的我在自己的座位不由得發問起來。

「不要這麼大聲啊，小華會聽到的。」重田太一同學站在我的桌子旁，豎起手指放在嘴巴前面說。他一邊窺看在稍遠離我們的位置、正在跟朋友聊天的早乙女華同學。

「不可以讓小華聽到的嗎？」坐在我桌子上的神山美思歪着頭問。

神山美思
十堂堤馬
我，柚木理
重田太一

「當然不可以啊！小華跟神山你不同，是個文靜端莊的女孩，如果知道烏龜銅像會自己移動的話，一定會感到害怕啊！」

「你說跟我不同是什麼意思？我也是個端莊的女孩啊！」

「上次你不是沿着校舍外的水管爬到天台而被老師罵了嗎？」

被重田抓着痛處的美思除了「呃」了一聲之外，完全無法反駁。

我的鄰座十堂堤馬突然開口：「會移動的銅像嗎？這相當有趣啊。我最近在看這本小說，正要讀到故事的高潮部分，我本來打算午飯後就看，現在就改變原定計劃吧。」

堤馬把書簽夾進那本袖珍本小說裏，再把書合起來，放在書桌上。書的封面上，寫着《ABC殺人事件》。

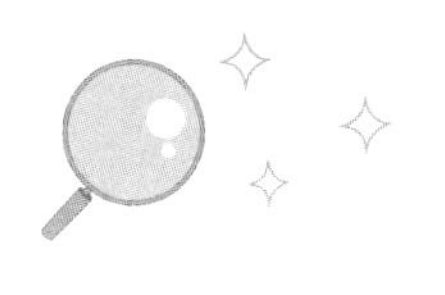

提馬總是閱讀大人看的推理小說，因此他說話時常帶着大人的用字。

不過，他可不只是一個喜歡推理小說的小學生。

提馬本人，也是個可以出現於推理小說之中的「大偵探」。

他之前已經解決過學校內發生的多宗神秘事件，當中還有一宗是跟重田有關的。重田平時總是趁午飯時間到操場玩躲避球或足壘球*，正正因為他之前看到提馬完美地解開謎團，所以今天才會留在課室找我們討論「銅像移動事件」。

「究竟那個銅像為什麼會自己移動呢？十堂你知道原因嗎？難道那個銅像是活着的？就像……」

提馬伸出手掌到重田面前，阻止他連珠炮發地說話。

* 足壘球是一種結合壘球和足球的運動，以壘球的規則踢足球，以腳代替球棒。

「現在還未可以解開銅像會移動的謎團，因為完全不足。」

「你說什麼東西完全不足？」重田皺起了眉頭問。

「當然是線索啊。」提馬突然在椅子上站起來，「要解開『謎團』，首先一定要有線索。面對『謎團』，要盡可能收集最多的資訊，再將資訊過濾，從中找出可以成為線索的資訊。再像砌拼圖那樣，將線索組合起來。那麼，『謎團』背後的『真相』，就會慢慢浮現。」提馬像是不用呼吸似的，一口氣說完。

「而『大偵探』的存在，就是把『線索』這塊拼圖放在適當的位置，把『真相』這幅藍圖繪畫出來。」提馬好像心情很愉快似的仰望着天花板，之後轉頭望向重田，「就如我剛才所說，我們走吧，重田君。」

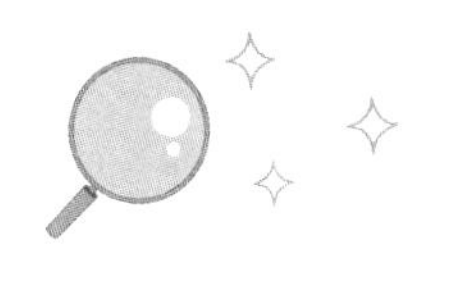

「咦？我們要到哪裏去？」重田不解地眨着眼問。

「還用問嗎？當然到銅像那兒去啊。理君和美思君也一起去吧。」

「什麼？要去看嗎？我也要去嗎？」美思突然大聲叫喊。

「你這麼大聲是什麼回事，美思君？重田君現正委託我們懸疑推理學會去調查神秘事件啊，大家當然應該一起去。」堤馬歪着頭説。

我、堤馬和美思三人，是一個叫「懸疑推理學會」的課外活動成員。我和美思會參加，只是因為我們放學後有校外活動，美思要上體操課，我則要到爺爺的道場練習合氣道，活動前有一段時間空出來，我們才想打發這段時間。而堤馬就因為媽媽外出工作，所以

他回家也是無所事事。

我們三人因着各自的理由，每天放學後都會在位於校舍頂層的會室打發時間。而這個懸疑推理學會的其中一個活動，就是解決在學校發生的神秘事件。我們之前已經解決過「金魚泳池事件」、「哭泣的地藏菩薩事件」、「雪地怪圈事件」、「消失的午餐費事件」等等多宗神秘事件。

不知何時開始，校內開始流傳我們（主要是堤馬）會幫忙解決神秘事件，所以最近很多遇上奇妙事情的人，都會來找我們。

「不過啊，那銅像是在男生們玩躲避球的地方，再裏面一點的樹叢位置吧？」美思問。

她縮縮肩膀，繼續說：「那裏出名有很多毛毛蟲，全部女生都

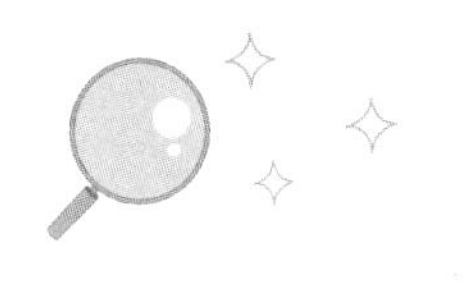

盡量避免到那邊去。」

「沒問題的，美思君，毛毛蟲不會襲擊你，你不會有危險。」

「不是這個問題啊，而是那些蠕動的綠色東西很噁心啊！」美思單是想像一下，已經禁不住顫抖起來。

「為了我們『懸疑推理學會』解決神秘事件的使命，不是該忍受一下嗎？銅像會移動，就像生物那樣動起來啊，難道你就不感興趣嗎？」

「那個嘛，我是有興趣的，可是……」美思猶豫地回答。

「不去現場的話，就無法得到線索啊。調查最重要的，是親身到事件發生的現場徹底調查。根據調查結果，才可以得到線索。」

堤馬向美思笑笑說，一副等不及的樣子走向課室門口。

「來啊，午飯時間只餘十五分鐘，事不宜遲，打鐵要趁熱，我們起行前往銅像所在之處吧。」一踏出課室的堤馬快速說着，同時向大家招手。

堤馬平時總是冷靜沉着，但當遇上吸引他的謎團時，就會變得十分活躍，行動力極高。看來「烏龜銅像移動事件」吸引到他了。

「啊，等一下，我也去啊。」

美思在大家身後說完這番話，像是想要翻筋斗似的，背部平躺於我的桌上，抬起雙腿。

一瞬間，她把雙腿踢起來，乘着勢一躍而起，在空中翻了一圈才着地。

「在課室翻筋斗是很危險的，真理子老師不是常常教訓你嗎？

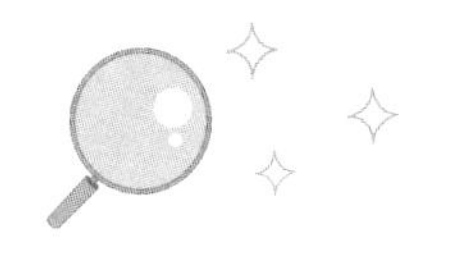

你正常落地不行嗎？」我教訓她。

她卻吐吐舌，笑說：「這樣正常落地多沒趣。」然後大踏步走向課室門口。

我歎了口氣，跟重田說：「我們也走吧。」然後追上提馬和美思。

2 住在操場的烏龜

「喂，阿理，那邊有毛蟲嗎？」美思在遠處不敢靠近，害怕地問我。

我定睛注視那一帶的綠葉，找不到會四處爬動的毛毛蟲。

「安全，沒有毛毛蟲。」聽到我的話，美思才鬆一口氣走近我們。

離開課室後，我們走到操場，當時大家正在操場上玩捉迷藏、躲貓貓、單槓、躲避球、足壘球等活動。穿過操場後，我們就來到會移動的烏龜銅像所在之處。

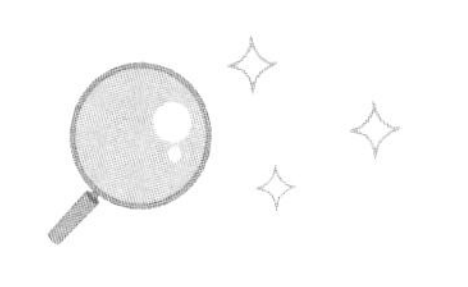

「這個就是『移動的銅像』嗎？」堤馬單手托着下巴，端詳着在綠葉中伸出了半身的烏龜銅像。

我看到堤馬的舉動，也跟着一起觀察。正如重田所說，這個銅像的樣子相當可愛，龜殼的直徑大概150厘米左右，它粗壯的四肢和長長的脖子，就從龜殼裏伸出來。

它的臉剛好到我們的腰部的高度，帶着温和的微笑表情。

「這麼大的烏龜，人們都可以坐到它背部去玩了。說起來，這就像浦島太郎*呢！」不知美思是否因為這裏沒有毛蟲而感到放心，她的聲音變得輕快起來。

「不對，美思君，它跟浦島太郎坐的烏龜是不同的種類，你看它的腳。」堤馬蹲在銅像旁邊說。

* 浦島太郎是個日本民間故事中的人物，故事關於他在海邊救了一隻海龜，牠是龍宮的神靈，為了報恩，就讓浦島太郎騎着參觀龍宮。

「看，它的腳如大象般粗壯，所以這是陸龜，就如字面意思，是住在陸地上的烏龜。而浦島太郎故事中出現的，是住在海洋裏的海龜。為了方便游泳，海龜的腳是呈扁平狀，像魚鰭那樣的。」

「原來是這樣嗎？不過，如果之前就已經有一個這麼大的銅像在這裏的話，正常應該早已被人發現了吧？」美思把手指放在嘴唇前說。

「那可不一定。」提馬繼續蹲在銅像旁邊，撫摸着它的頭說。

「這個銅像帶着青色，所以它應該不是用普通的銅所造，而是一種名為『青銅』的金屬，所以在遠處看來，它就融入了身後的樹

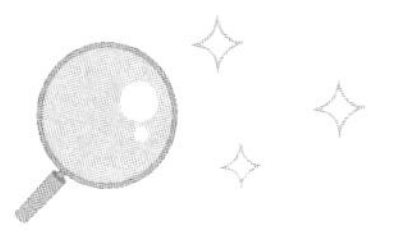

叢，變得不太起眼。」

「咦？真的嗎？」美思小跑到十米遠的位置回頭再看，說：

「啊，真的呢，現在難以看到它了。」

我和重田也用同樣方法，在稍遠處看這銅像。帶青色的銅像的輪廓，逐漸跟樹叢融為一體，果真變得不起眼了。

「這跟『保護色』的原理相似，意思就是生物的身體長着跟牠生活環境相似的顏色或圖案。不過，銅像不是生物，所以是不一樣吧。」

聽過堤馬的講解後，重田提高了聲量說：「那可不一定啊！因為那個銅像會動啊，說不定它是生物呢！」

「你也說得對，的確有可能。」堤馬連連點頭回應，「如果這不是重田君的錯覺，這頭看起來是銅像的烏龜由昨天到今天，正慢慢從樹叢中走出來。即是說，它有可能是一隻看起來像銅像的生物。如果真的是這樣，它身體的顏色就是保護色了。」

堤馬好像很高興似的開始調查，一時碰碰烏龜的身體，一時拿着放大鏡四處觀察。

「如果這烏龜真的會動，那它一定是從別的學校走來吧？就算它再不起眼，這麼大的東西在學校裏不被發現才怪呢。我們都已經

在這學校讀了四年了。」

就如美思所說，除了中途轉校來的堤馬之外，我、美思和重田，都是由一年級開始就在這所小學讀書，可大家都沒聽說過有這座銅像。

不過，話說回來，我怎麼看都覺得這只是座銅像，不像一頭活烏龜，這樣的話，即是……

「即是最近才有人弄出這座銅像吧？因為之前都沒有的，所以才沒人發現吧？」

重田聽到我的推理後，鼓起了腮幫子，問：「那為什麼它昨天跟今天的位置不同了？」

「那……那是你看錯了……」我小聲地說。

「才不是！」重田搖着頭叫，「那頭烏龜一定有移動過！昨天它在樹叢中只伸出頭來，可今天卻是露出了半身。」

「不過，只能這樣想才合理吧……」我抓着頭回答道。

「不，理君的推理恐怕有錯。這銅像不是新造的。」堤馬說。

「咦？你怎麼知道的？」我問。

堤馬用食指擦擦銅像的龜殼，然後說：「看看這個。」他伸出食指的指腹，上面沾了塵，變得又黑又髒，「這座烏龜銅像相當髒，要積上那麼厚的塵，應該要頗長時間，可能以月計、甚至以年計。也就是說，這銅像在很久以前就已經出現了。」

「原來如此。對不起呢，我亂猜一通。」說出那麼遠離事實的

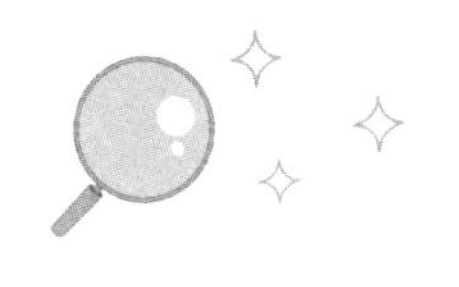

推理，我感到很不好意思。

可是提馬聽到我的話後，微笑着反問：「你在說什麼？」

「雖然這未必是正確答案，但理君的推理卻沒有不合邏輯的地方。我們該這樣提出不同的可能，再剔除跟線索搭不通的地方，這樣就可以逐步接近真相。」他滿懷信心地說，「福爾摩斯也說過：『當你把一切不可能的情況都排除之後，那剩下的不管多麼離奇，也必然是事實。』」

「福爾摩斯……是誰？」

聽到重田的問題，提馬目瞪口呆：「你竟然不認識福爾摩斯？他是世界知名的偵探，是英國小說家柯南·道爾在十九世紀晚期創

作的一個角色。他最初出現於1887年發表的《血字的研究》這部長篇小說中，在故事中遇上他的搭檔華生，並解決了殺人案。」

提馬最喜歡推理小說，尤其是夏洛克．福爾摩斯（Sherlock Holmes）的忠實書迷（這些書迷的外號好像叫「Sherlockian」），說起福爾摩斯，他可以連續說上幾十分鐘。我和美思已經聽過同一番話很多次，連耳朵都快要長出繭了。

美思聽着提馬向重田解說，臉上露出「又來了」的無奈表情。

突然，她笑笑指向半空，說：「啊，好漂亮！」

我向着她所指的方向望去，一隻燕尾蝶拍打着大翅膀，正在空中飛舞。櫻花樹間漏進來的陽光灑在牠金色的翅膀上，反射着光芒，看起來熠熠生輝。

「還有其他蝴蝶嗎？」美思邊問，邊跳着小碎步走近銅像，再踏在龜殼上，跳起抓住她頭頂一根較粗的櫻花樹枝。吊在樹枝上的美思像是單槓選手似的，前後晃動着身體。

「嗚嘩，從上面俯看會見到很多蝴蝶，真漂亮！」美思剛剛還在嫌棄毛毛蟲所以不想過來，現在卻陶醉地説。她用力擺動身體，在空中轉了一圈，然後坐到樹枝上去。

「美思，這樣是很危險的，要是在這麼高的地方掉下來會受傷啊。」

聽到我的告誡，美思回應：「沒事的沒事的。」然後開始晃動雙腿，「我才不會這樣輕易受傷。」

「話雖如此，可是……」我歎了口氣。

在我身旁的堤馬，還在繼續解說福爾摩斯：「福爾摩斯和華生住在貝克街221號B，他們接受眾多委託，還解決了許多難解案件。他有個宿敵，名為詹姆斯．莫里亞蒂教授，人稱『犯罪界的拿破崙』，在《最後一案》這個短篇故事中，福爾摩斯跟莫里亞蒂一起掉進了萊辛巴赫瀑布之中……」

「停，堤馬，停啊！午飯時間只餘下十分鐘了。」我阻止口若懸河的堤馬再說下去。

「咦……哦，真是抱歉。」回過神來的堤馬，像是想轉換一下

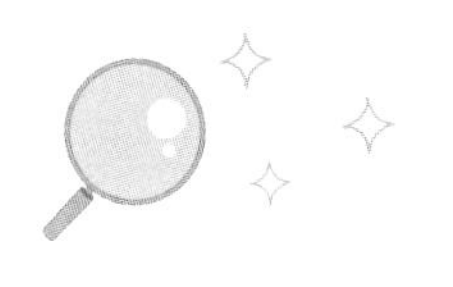

氣氛似的咳了一聲。

「那麼你現在知道烏龜為什麼會動了嗎？」面對重田的質問，提馬聳聳肩說：「現在還不知道啊，因為可以成為線索的情報太少了。對了，為了看看這銅像是否可以靠人力輕易地移動得到，理君和重田君，你們可以用盡全力拉動它看看嗎？」

「咦？為什麼連我也要拉？」我抱怨道。

「這對你來說可簡單了。」提馬瞇着眼睛說，「重田君是班上最高大、雙手最有力的人；而理君則是班上戰鬥能力最高的人。如果你們兩個也搬不動的話，那一般幾個小孩也肯定搬不動它。」

「我一點氣力也沒有啊，合氣道這武術是利用對手攻擊的力量，反將他們摔倒或鎖住關節，所以我雙手是沒有力氣的啊。」

「別管了，快點來吧，午飯只餘下十分鐘啊。」

在堤馬的催促之下，我和重田只好靠近烏龜銅像。我抓住它的右前腳，重田就抓住它的左前腳。

「好，我們來吧，一、二、三！」

聽着重田的指示，我屈曲雙腳，把重心向下移，用盡全身肌肉使力拉動銅像。在我旁邊的重田，也漲紅着臉用力拉着。可是，銅像卻紋風不動。

十多秒後，我和重田都用盡了氣力，氣喘吁吁地放開銅像。

「看來不太可能了吧？它如外表一般沉重，不是能輕易移動的惡作劇道具。」

「果然這銅像是會自己活動……」正當重田站起來説話時，從遠處飛來了一個球！

「危險啊！」我立即站起來，用手拍走快要打中重田頭部的球。

「嘩！怎麼回事！謝謝你呢，柚木。」稍微嚇了一跳的重田向我道謝。就在我回應「不用客氣」時，三個高年級學生走了過來。

我記得他們，發生「雪地怪圈事件」的時候，是跟我們有點過節的六年級學生——松本和也同學，與他的朋友。

和也同學把掉落的球拾起，他的朋友說：「走吧。」

「等一下。」重田跟想一走了之的和也同學說，「你的球剛剛差點打中我的頭，這很危險啊，你該道歉吧。」

「道歉？」和也同學皺着鼻子問，「這裏可是操場啊，球飛來飛去是常有的事吧，是你自己發呆才會差點被打到啊。」

「你說什麼？這裏可是玩球以外的區域啊，突然有球飛過來才

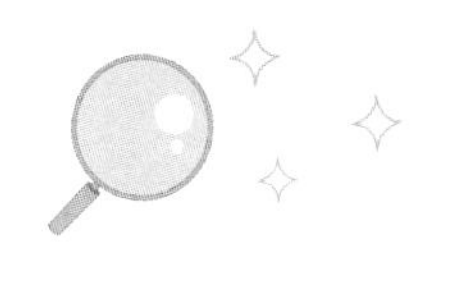

奇怪吧！」

「煩死人了，你又沒被打中，所以沒事了吧？」和也同學把球遞給朋友後，走近重田盯着他看。雖然重田是我們班上最高大的，可是跟六年級最高大的和也同學比較，也是矮了一截。

「才不是沒事，如果我受傷了怎麼辦！」重田提高聲調。

和也同學伸出右手抓住重田的衣領說：「你這個低年級的怎麼那麼囂張！」

「等、等一下，你們不要吵架啦。」眼看二人快要開打，我慌忙用身體擋在他們之間。

「你幹什麼，別擋着我！」和也同學打算伸出左手抓住我的衣

領。我條件反射地以右手劃了個圓，擋住他攻擊過來的手，再順勢用左手抓住了和也的手腕，輕輕拉着。

「嘩！」和也同學的上半身快要向前倒，所以他也放開了抓住重田的手，轉而按着地面以防倒下。平時學習合氣道，我已經練習過無數次利用對手攻擊的力氣，把他們投擲到地上或是制服他們，所以在腦袋思考之前，身體已經下意識動了起來。

「你幹什麼啊？」和也同學憤怒地咆哮。他被我按住，維持着鞠躬的姿勢，雖然他打算站起來，但我下意識用右手食指的下方按壓他手腕內側的穴位。在這個位置適當施力的話，對方會因為疼痛而動彈不了。

「好痛啊……」和也同學痛得整張臉都歪掉了，本來想抬起來的上半身，又再向前傾倒。

「這到底是幹什麼啊？」只有脖子可以活動的和也同學看着我，表情痛苦地說，「柚木理……」

發生「雪地怪圈事件」時，我跟和也同學同樣有過衝突，他可能想起了當時的事情，但也不用一副像見到鬼的表情吧……

正當我大受打擊時，突然傳來一把聲音：「你們在做什麼！」

定睛一看，一位身穿藍綠色運動套裝的老師看着這邊喊。

那是我的班主任真理子老師，也是我們懸疑推理學會的顧問老師。

我慌張地放開和也同學。

「你們在吵什麼？不可以打架，請你們好好相處！」真理子老師走到我們面前，叉着腰說。

「明白了……對不起。」我縮了一下脖子道歉，和也同學卻好像感到不快，避開了老師的視線。

「我也有不對，之後我會注意的。這樣可以了吧？」和也同學對重田說。

「嗯。」重田微微點頭說，「我也大聲說話了，對不起。」

我們互相道歉之後，真理子老師說着「好，很乖。」，並回復了平日的温柔笑臉。

她目送和也同學三人離開後，把視線轉向我們：「你們懸疑推理學會三人跟重田在這裏幹什麼？」

「我們在調查這個銅像，它突然在這裏出現，而且重田還說它會動。真理子老師你知道這個銅像的事情嗎？」美思指着銅像說。

「當然知道啊。」真理子老師用力地點頭。

「你知道？」我、堤馬和美思齊聲問。

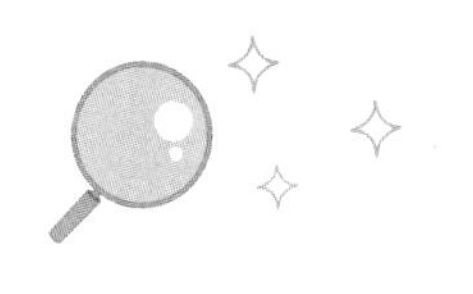

「嗯，銅像之前已經存在啊。是一位在這所小學畢業的著名藝術家，在十年前左右捐贈給我們學校的。這是一個很漂亮的銅像，可是為免被大家踢倒，就放置在操場深處了。」

「原來這樣嗎？我都不知道呢。不過，為什麼是烏龜銅像？」美思撫摸着銅像的臉問。

「好像是以《龜兔賽跑》的故事來做主題，鼓勵大家只要每天堅持努力，就算只有一點點，最後也會得到傑出的成果。」

「之前已經存在嗎……那為什麼完全沒人發現過它？」堤馬抱着胳膊思考。

「因為放在這樣的操場深處，學生都不會過來這一帶。而且，它的顏色混在葉子之中會變得不起眼。」

「是保護色吧。」我說出剛才提馬教我們的小知識。

真理子老師聽到後，瞇起眼睛笑說：「你也知道嗎？真厲害。對，保護色就是讓身體跟周圍的環境同化來保護自己，以免受天敵襲擊；捕獵者也可以讓獵物無法發現自己的存在，來有利狩獵。」她像是在上課教學般解說完畢後，環視我們，「後天第一堂的科學課是關於『昆蟲的生態』，到時再詳細給你們講解吧。」

「太好了！」我歡呼起來，我除了喜歡獨角仙和鍬形蟲這類昆蟲之外，也很喜歡上科學課。

真理子老師教的科學課不會只唸課文，還會做很多有趣的實驗，例如製造會起泡的浸浴劑、用飲料瓶做出可以飛很遠的水火

箭、在本生燈的火焰上加上鹽粒、粉筆粉末、蘇打粉、硼酸，燒出像煙花那樣彩色繽紛的火焰等等。

「我先走了。你們下午要上英文課和音樂課吧？加油啊。」真理子老師說完，輕輕向我們揮手就轉身離去了。

「根據真理子老師剛才的話，這個銅像並不是突然出現在這裏的。」堤馬托着下巴說。

「不過，我們完全不知道有這個銅像，也沒聽朋友說過，始終是很古怪。」美思說。

堤馬打響了手指，說：「就是那個啊，美思。」

「『那個』？什麼意思？」美思眨着大眼睛問。

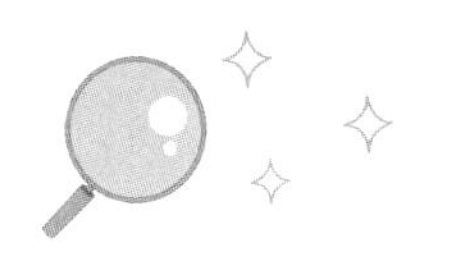

「如果這個銅像從以前就已經存在，我們卻全不知道，那就是說，銅像很有可能平時是不會見到的。」

「不會見到……是指『保護色』嗎？」重田皺着眉問。

「不，不是這樣。保護色頂多只是讓物件『變得不起眼』，但也不會令所有人都沒發現吧？」

「那即是怎麼樣？」重田帶點不滿地問。

「什麼啊，重田君？明明是你告訴我們的吧？」堤馬用沾滿灰塵的髒手指指着銅像說。

「正因為這銅像會動，所以它才一直沒被人發現啊。」

「因為會動所以沒被人發現？」重田一副頭痛的樣子反問。

「對啊，如果這頭烏龜真的會動，那就解釋到為什麼它沒有被人發現，因為它一直在躲藏，所以沒有人看見它。」

堤馬的手指轉而指向烏龜伸出了半身來的那堆樹叢。

「咦？你是指它躲在樹叢裏面嗎？」美思問。

堤馬用力地點頭說：「如果這樣想的話，事情就說得通了。這頭烏龜一直隱藏在樹叢的深處，所以沒人發現它；但因為它開始移動起來，就從樹叢中爬了出來，所以重田君才發現了它。」

堤馬像唱歌般說完之後，我有點膽怯地問：「可、可是……我怎麼看，都覺得它只是個普通的銅像啊，不可能會動啊……」

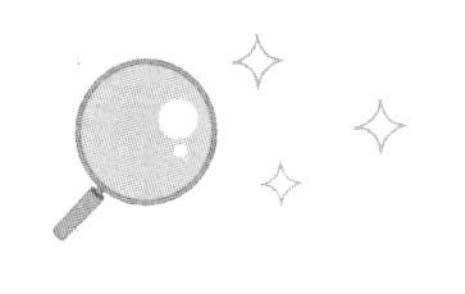

「我剛剛不是說過了嗎，理君？『當你把一切不可能的情況都排除之後，那剩下的不管多麼離奇，也必然是事實』啊。」堤馬好像很開心似的說着，同時舉起食指左右搖擺着。

這個時候，鐘聲噹噹的響起來了，是告訴大家還有五分鐘就要上課的預備鈴聲。

「啊，午飯時間快要結束了，那我們先暫停調查，回去課室吧。」堤馬踏着大步走向校舍的方向。

「喂，那麼這事件怎麼了？」重田指着銅像問。

「現在還不是『解謎』的階段啊。我們所得的資訊太少，還未可以成為線索，就算有了線索，也需要時間去思考。不過，實際來

到現場調查後，我搞懂了不少事情，但我先要整理一下我的灰色腦細胞。」

「灰色腦細胞？」重田歪着頭問。

「那是英國推理小説女王阿嘉莎．克里絲蒂所創作的大偵探白羅的口頭禪啊。白羅出生於比利時，唇上的鬍子是他的標記。在阿嘉莎．克里絲蒂的代表作《東方快車謀殺案》、《羅傑．艾克洛命案》等作品中，就是白羅解決疑案的。除此之外，在克里絲蒂的出道作《史岱爾莊謀殺案》和我剛剛在看、受害者的名字以英文順序排列的《ABC謀殺案》等名作之中……」堤馬一邊開心地在解釋着，一邊向着校舍走去。

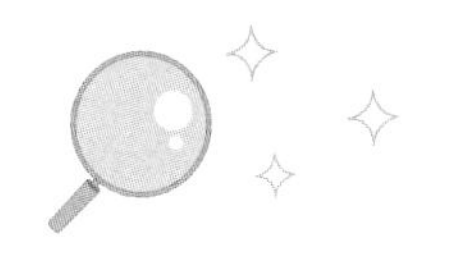

我們一邊聽着提馬關於大偵探白羅的説明，一邊跟着他走。

我們橫越了半個操場後，我回頭看看烏龜銅像，它像是毫無顧慮地微笑着。

3 前進的烏龜

「好，那麼大家一起吹奏吧，一、二、三！」

音樂科的歌野老師開始彈起琴來。坐在窗邊的我，把空氣一口呼進嘴巴前的牧童笛，一邊努力地活動着手指，吹奏《龜兔賽跑》這首曲子。我的腦海裏浮現出「烏龜烏龜，慢慢爬」的歌詞。

自我們午飯去調查烏龜銅像，已經超過了一小時。我們現在正在上第六堂課。

第五堂課是美國人佐治老師給我們上的英文課，而今天最後一課，就是音樂課了。

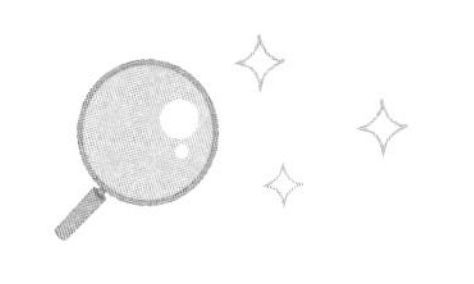

提馬去年來日本前，一直都住在英國，所以他的英文很流利，可以跟佐治老師正常地對話。可是，我卻很不擅長英文，所以我上完英文課，腦袋已經很疲累了。我到音樂課時已集中不了精神，雖然吹着牧童笛，但雙眼的焦點卻飄向了窗外。

我們四年一班的課室位於四樓，外面因為被櫻花的花瓣遮擋着，所以完全看不見銅像。可是音樂室位於三樓的一端，我看到在櫻花樹下的樹叢中，烏龜銅像露出了少許面部。

因為我太在意它，所以在音樂課期間不時偷看着烏龜銅像，當然，銅像一動不動。

事實上，銅像是否真的會移動呢？我始終認為是重田看錯了。

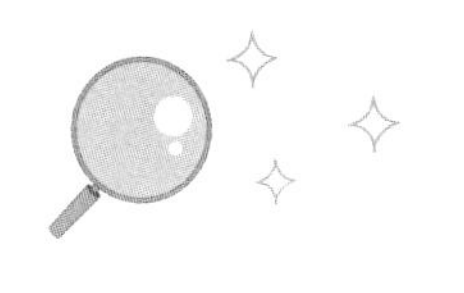

吹奏樂曲後，我仍呆呆地想着這件事。

不過，如果它不會動，我們一直沒有發現它也着實説不過去。

難道果真是烏龜從藏身的樹叢爬出來嗎？

我在第五堂的英語課後用腦過度了，現在已無法好好思考。我一按壓太陽穴，下課的鈴聲就響起了。

「好，今天的音樂課就到這裏了，各位同學再見。」

「老師再見。」跟老師道別後，同學們都從音樂室離開。在這之後五分鐘，我們要回到課室，等待上班主任課。

「理君、美思君，我們去操場看看烏龜銅像吧。」充滿幹勁的堤馬跑過來跟我們説。

「咦？不過快要上班主任課了。放學後慢慢去看不就行了嗎？

而且，在這裏也可以看到啊。」坐在我旁邊的美思說。

提馬向着窗外望去，說：「雖然如此，但只看到一點點頭部而已。我想看它的全身，等不及班主任課完結才去啊。我有事情想確認一下。沒問題的，只稍微看一下，趕得及班主任課的。」提馬拉着我和美思的手。

「好吧，我去啦，你冷靜點。」美思歎了一口氣，站起來。

我們三人走出音樂室向操場走去。

一離開校舍，就碰到穿着天藍色連身裙的真理子老師。

「咦？你們要去哪裏？馬上就要開始班主任課了。」

「沒問題，我們會趕得及班主任課的時候回來。」提馬急速地說着，同時向烏龜銅像奔去。

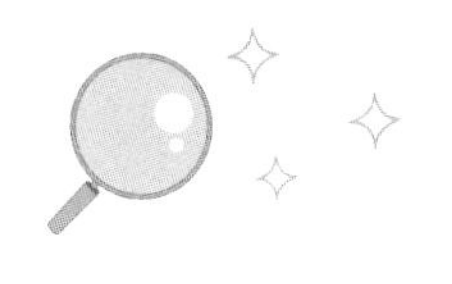

我和美思回答着「對的。」便立即追着提馬。

在離銅像十米左右，站着一個滿頭白髮的男人。那是校工叔叔。

「午安。」我走近校工叔叔，跟他打招呼。

「午安。」校工叔叔也微笑着回應，然後指着站在銅像旁的提馬，

「他是你們的朋友嗎？」

「是的。」我點頭說。

「他的樣子很奇怪，沒事嗎？」校工叔叔悄聲說。

「樣子很奇怪？」我說完，就望向站在銅像旁的提馬，他半張着口，呆呆地站着。

「提馬，你怎麼了？發生什麼……」跟提馬的話說到一半，我和美思看到銅像後，都無法說話了。

午飯時沒看到的烏龜全身和尾部，現在已能夠觀察得一清二楚

了。因為剛剛還被葉子包圍的半個龜身，現在已完全露出來了！

「為什麼會這樣的……剛剛明明也只有半身露出來……」美思用沙啞的聲音說。

堤馬低聲說：「這個銅像在我們沒看見的時候移動了。」

4 睡眠不足的大偵探

「堤馬，你沒事嗎？你的黑眼圈好厲害啊。」美思擔心地問。

「沒事，我只是因為在思考『烏龜銅像移動事件』的種種，所以昨晚完全睡不着。」堤馬打了個大呵欠說。他的聲音比平時更沒精打采。

在開始調查烏龜銅像的翌晨，我們三個一起上學。美思住在我家旁邊，所以我們自一年級開始就一起上學，今天我們在途中偶然遇上堤馬，所以我們懸疑推理學會就一起走回學校了。

走着走着，我想起了昨天的事情了。

昨天我們在上完第六堂課之後，看見烏龜銅像已經完全離開了樹叢，我們完全不明白發生了什麼事情而呆在當場。

也因此，我們趕不及回去上班主任課而被真理子老師輕微責罵：「我都說你們會趕不及啊！」

班主任課完結後，我們放學就如常到位於校舍最頂層的懸疑推理學會會室。堤馬一直滿臉疑惑地抱着胳膊思考。

因為我們知道堤馬在拚命推理着「烏龜銅像移動事件」，所以我和美思也不敢打擾他而盡量不說話。

不久，美思要上體操課，我也要到合氣道道場練習，所以我們就離開了會室。

正當我在回想昨天的事，美思跟堤馬説話了：「堤馬，關於那個銅像為什麼會動，你有什麼頭緒了嗎？」

「不知道。我也弄不懂為什麼它會動。」堤馬消沉地搖搖頭。

「是有人惡作劇，把銅像從樹叢中拉出來吧？」美思合起掌來，一副「我想到了！」的表情。

「那不可能。昨天我和重田一起拉過銅像，可是它卻一動不動。它是十分沉重的，所以我覺得不可能有人拉得動。」我説。

可是美思卻把手指碰着嘴唇，説：「真的不可能嗎？雖然它真的很重，可是，如果幾個高年級男生合力可能成功呢。」

「高年級男生……」

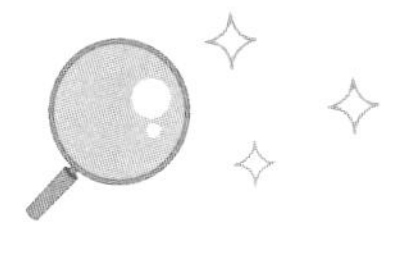

我想起昨天差點跟重田打起架來的和也同學。他年紀比我們大，身材又高大，如果找同學一起來，說不定真的可以拉動銅像。

「不，那也不可能。」低頭走着的堤馬說。

美思不滿地鼓起腮說：「為什麼你這麼肯定？」

「其實昨天你們走了之後，我再去調查那個銅像了，這次我發現烏龜的腳是埋在地下的。所以，我就去挖銅像的腳看看，結果發現，它埋在泥土下的腳部約有三十厘米。要移動那樣的銅像，得集合多個成年人，甚至要使用專門的機器才行。」

「可是，銅像在昨天午飯至第六堂課之間真的移動了。那不過是兩小時左右，這麼短時間就可以使用專門的機器來移動銅像嗎？」

美思不知是否頭腦太過混亂，她雙手按着頭。

「那也不可能，那不是只兩小時就可以做得到的事情。而且，要使用那些機器，一定會發出很大的聲響，還會有很多大人在操場出入，我們開窗上課不可能發現不到。」

「那麼，那烏龜真的是自己用腳走動？我也搞不懂了。」

「現在這一刻，也只有這個說法才說得通。如果人類要去移動它是那麼困難，就只有烏龜自己用腳行走了。福爾摩斯也說過『當你把一切不可能的情況都排除之後，那剩下的不管多麼離奇，也必然是事實』……」不知堤馬是否因為睡眠不足，他的聲音聽起來沒了平時的活力。

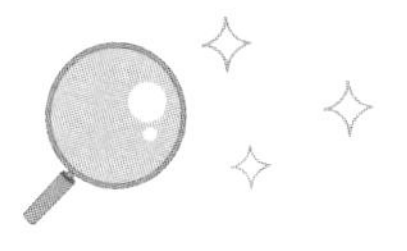

「不論怎麼樣，說銅像是活的，也實在太怪異了吧。而且，我昨天在第六堂課一直望着那個銅像，它一點也沒動過啊。」

「它在第六堂課的時候完全沒動？你怎麼不早點告訴我這麼重要的事情啊？」提馬瞪大了雙眼埋怨我。

「因、因為昨天放學後，你一直苦惱地思考着，所以我不敢跟你說話啊……」

提馬聽到我的藉口，用手按住嘴巴，開始自言自語：「第六堂課沒有移動過的話，就是說烏龜爬出來的時間是在第五堂課的時候？不，也不一定在這個時間。難道是它緩慢地移動，慢得肉眼看不見？就像『龜兔賽跑』裏的烏龜那樣……」

「……不過，那又如何做到不留腳印呢？它的四肢都埋在泥土裏，要活動的話，一定會留下腳印……難道埋在泥土內的腳可以像游泳那樣游動……」提馬雙眼沒有焦點、低聲地不斷自問自答，很有壓迫感，令我和美思再次不敢跟他說話了。

這種沉重的空氣持續了數分鐘後，我們終於走到了學校門前。我們走進學校就看到校工叔叔，他穿着有明顯污漬的運動套裝，跟我們打招呼：「早安。」

「早安。」我和美思高聲回應，可是提馬卻完全沒發現校工叔叔跟我們打招呼，就這樣徑直在叔叔身旁走過了。

「對不起，提馬在思考。」我代提馬跟叔叔道歉。

叔叔揮揮手笑着說：「沒事沒事。」

我們向叔叔微微點頭後，就跑上前追着堤馬。他每次一遇到離奇事件，就完全看不見身邊的事物，可是，這次好像特別嚴重。

這樣看來，「烏龜銅像移動事件」是特別棘手吧？

看到這麼煩惱的堤馬，我也有點擔心。

當我們向着校舍走過去的時候，美思突然開口說：「啊，庭園的花已經凋謝了嗎？」

我向着美思看着的方向望去，那是個有鐵絲網圍着、如半個網球場大小的花圃。

那庭園，是一至六年級學生都會在上課時使用到的地方，裏

面區分不同班別的花壇，種有牽牛花、向日葵、三色堇、薰衣草等等。

因為這裏種了不同種類的植物，所以一整年都開着花，特別是像現在的春季時節，各式各樣的花爭妍鬥麗，非常漂亮。

可是，就如美思所說，今年的花好像比去年的少。

「花？」一臉消沉的堤馬望向花圃，「是嗎？是你們的錯覺吧？」

我猜美思是想轉轉話題，讓提不起勁的堤馬暫時放下事件，可是卻不太成功。

「先不管那個，不知道銅像今天怎麼了，得去看看才行……」

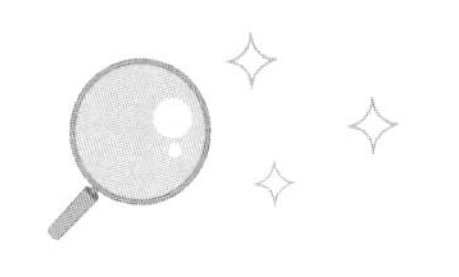

堤馬用微弱的聲音説完，便搖搖晃晃地向着操場一角走去。

我和美思對望了一眼，便追上堤馬。

其實我覺得堤馬稍為放下「烏龜銅像移動事件」，休息一下會比較好，可是，就算我們勸告他，他這位「大偵探」也是不會聽進耳的。那倒不如盡力協助他調查，儘早解決事情，讓他休息更好。

我一邊想着這個事情，一邊跟着堤馬和美思走到烏龜銅像處。一看之下，我忍不住高聲叫：「什麼？」

昨天在第六堂課看到銅像的時候，它完全從樹叢走出來，而現在更已經在將樹叢拋離一米以上了。

「它昨晚又移動了嗎……」美思用顫抖的聲音低聲說。

提馬一直默默凝視着銅像。

面上帶着可愛笑容的烏龜，今天不知怎的，感覺非常可怕。

5 又黃又酸的線索

「那件事怎麼樣了？知道那個銅像為什麼會動了嗎？」午飯的時候，重田吃過飯後走過來我們這邊輕聲問。

我們在早上看到烏龜又遠離了樹叢，之後就回到課室，可是腦裏全都是銅像的事，不太能集中精神。而上午的課，就在這種狀態下結束了。

特別是提馬，他一直發呆望着空中，我知道他一定是在想着「烏龜銅像移動事件」。也因此，平時成績最好的提馬，在數學堂被老師提問也答不上來。連真理子老師也擔心地問道：「你沒事嗎？身體不舒服嗎？」

「我不知道，我完全不知道那頭烏龜發生什麼事了。」堤馬無力地搖着頭，凝視窗外。在位處四樓的課室，因為有櫻花樹擋着，所以看不到那烏龜銅像。

「什麼？你們這樣還算是『美思提你三人組』嗎？」

「不要這樣叫我們！」美思噘着嘴說。

美思的「美思」、堤馬的「堤」和我名字中的「理」，合起來就是「mystery」的諧音「美思堤理」，甚至有不少朋友把我們合稱為「美思提你三人組」。我不介意這個叫法，堤馬甚至還很喜歡，可是美思卻相反。

因為「mystery」這個字有神秘、奇異的意思，所以她覺得自己會因此被當作怪人而不喜歡。

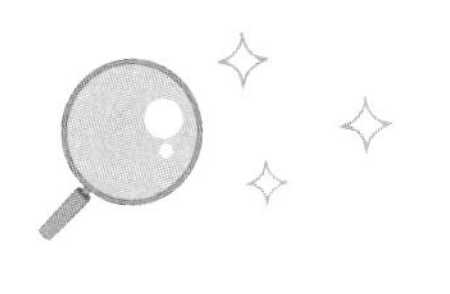

「我以為找你們來調查，會好像之前的『金魚泳池事件』那樣，立即就解決到。」

堤馬無視重田的抱怨，大大的歎了口氣，說：「我一定是看漏了什麼線索……一定是有什麼最根本的東西推理錯誤了……」他苦惱得抱着頭。

「看啊，都是因為重田你催促堤馬，他才這麼苦惱啊。他昨晚幾乎沒睡啊，他已經這麼努力了，你還要抱怨嗎？」聽到美思的話，重田啞口無言，無法反駁了。

「不、不好意思啦。只是，我今天看到那頭烏龜，覺得好像又比之前走得再前一點了，感覺有點可怕。它再這樣走下去的話，小華也一定會發現啊。我想在她發現前，知道銅像為什麼會動，否則

她一定會害怕到不敢上學啊。」重田無力地垂着胳膊說。

這個時候，一把聲音突然傳來：「銅像怎麼了？」

我、重田和美思嚇得身體抖了一下，望向聲音的來源。站在我們面前的，正是把長髮束成麻花辮子、戴着眼鏡的早乙女華同學，她正好奇地看着我們。

「小……小華……你為什麼……」重田顫抖着說。

早乙女同學午飯的時候多數待在課室裏，可是因為大家的座位距離很遠，我們沒想過她就在旁邊。

「我看書時，發現太一少有地走到美思那邊了，我也想一起聊天，所以就過來了。不行嗎？」早乙女同學不安地看着重田。

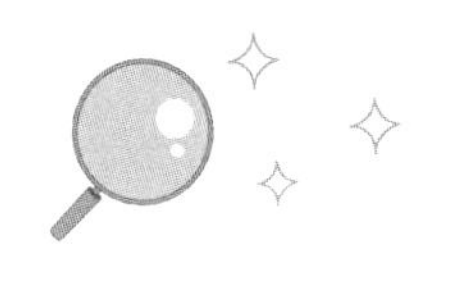

「不是不行……」重田慌亂地回答。

早乙女同學聽到，開心地合着掌，笑起來說：「太好了。那你們在聊什麼？我聽到你們說到銅像，是昨天見到的烏龜銅像嗎？那個銅像好可愛啊。啊，對了，我們放學後一起再去看好嗎？」

看到一臉高興的早乙女同學這麼說，我和重田對視了一眼，大家都不知該怎麼回答才好。

「可、可是啊，那附近有很多毛毛蟲，很噁心，還是不要去吧？」美思用沙啞的聲音說着。

早乙女同學聽到，立即皺起了眉頭。

「對了，你這麼一說，我就記起那一帶有很多毛毛蟲。二年級的時候，我和同學去那邊採蜜柑，可是卻發現葉子上有很多巨大毛毛蟲，結果我們都被嚇跑了。」不知是否想起那時候的事情，早乙女同學身體顫抖起來。

「蜜柑？」之前還一臉消沉的堤馬突然抬頭問，「早乙女同學，你說採蜜柑是怎麼回事？」

「啊……就是那一帶都是蜜柑樹。雖然那些蜜柑很酸，一點也不好吃，但是小小的很可愛，所以班上女生就集合一起去採。你怎麼問起這個？」她一臉奇怪，眨着眼問。

「毛毛蟲……蜜柑……會動的銅像……」

堤馬望着天花板，一邊喃喃自語，卻突然猛地從椅子站起來，還開始跑走了。

「你怎麼了，堤馬？」我慌忙問。

堤馬已跑到課室門口，回頭說：「我明白了！我知道『烏龜銅像移動事件』的真相了！為了證實我的推理正確，我要先去一個地方。」

「在哪裏？」

「你們跟着來就知道了。」如唱歌般說話的堤馬，轉眼已跑到走廊去了。

「啊，等一下啊。」在完全搞不懂發生了什麼事情的情況下，我和美思都不顧重田和早乙女同學，立即站起來追着他。

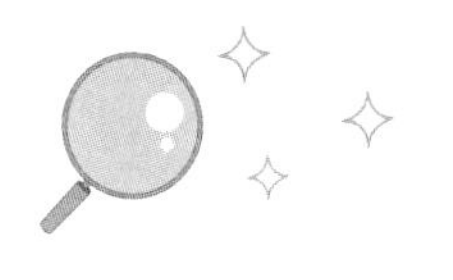

堤馬離開課室之後，立即下樓梯到三樓。他在三樓走廊一直小步跑的走到盡頭。

「是這裏。」堤馬走到寫着「音樂室」的課室門面前，吸了口氣。

「音樂室？這裏有什麼東西？」美思一邊喘着氣一邊問。

堤馬舉起食指左右搖擺，說：「不是在這裏啊，只是有必要在這裏看。」堤馬就像從沒消沉過一樣，他回復了有力的聲音說着，同時拉開門走進去。

在沒有人的音樂室，他大步邁向我昨天坐的座位。

「你們看看外面。」他好像很高興，對跟過來的我們說。

「看什麼？」我走到堤馬身旁，看着外面問。

操場上，很多孩子在打球，踏單輪車、踩高蹺等等，還看到六年級的和也同學他們在玩足壘球。

「當然是看那個烏龜銅像啊。」堤馬攤開雙手說。

「烏龜……」我低喃着，視線同時轉向操場的角落。跟我昨天上課時看到的情景一樣，在這裏只可以稍微看到烏龜銅像的頭，龜頸以下的部分，就被櫻花遮擋着，看不見了。

「跟昨天有不同嗎？」堤馬一臉開心的樣子問。

不同的地方？我很努力地回想昨日的情景，可是，不單是烏龜銅像本身，就連它周圍的景物，也沒有不同。

「對不起，堤馬，我找不到有變化的地方……」我怯生生地說。

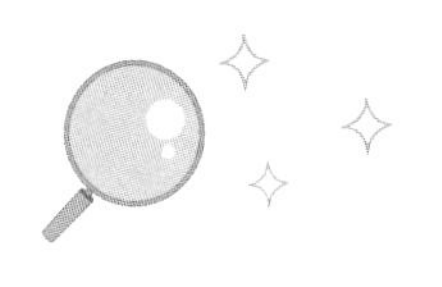

堤馬聽到後卻說：「就是這個了！」他用力合十手掌，就像到神社*參拜時那樣，他合掌發出的聲響，響遍了空曠的音樂室。

「咦？什麼意思？」我不明所以。

堤馬卻笑着回答我：「換作是推理小說的話，現在要進入『那個』經典場面了。」

堤馬舉起了手指放在臉旁，用有力的聲音作出宣言。

＊神社是日本以宗教「神道教」為信仰的祭祀設施，全日本有超過85,000間神社供人參拜。

我要向各位讀者挑戰。

現在已經集齊了解開
「烏龜銅像移動事件」的線索了。

烏龜銅像究竟是怎麼了？

究竟是誰、
又為了什麼而這樣做呢？

我希望各位讀者也來解開謎題。
這是我向你們下的挑戰書，
期望你們可以好好推理。

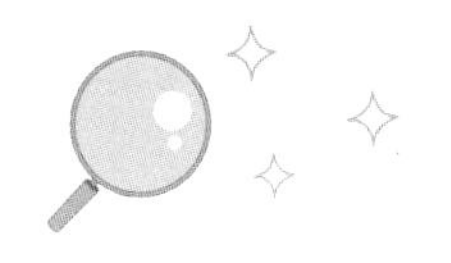

「咦？堤馬已經解開了『烏龜銅像移動事件』了嗎？那個銅像究竟是怎樣移動的？它果然是活的嗎？」美思一口氣問。

堤馬大大地打了個呵欠，說：「對不起，我一放鬆就覺得很睏了。理君、美思君，不好意思，我要睡一下，你們可以在午飯結束的鐘聲響起時叫醒我嗎？」

堤馬坐在我昨天的座位，伏在桌子上，不消半秒就開始打呼。

美思看着這樣的堤馬，鼓起腮幫子說：「真是的！」

6 令人震驚的真兇

「真的沒問題嗎？」我邊嘀咕，邊看牆上的布穀鳥時鐘。這個時鐘是美思之前從家裏拿來的，因為她家買了個新的時鐘，所以就用不着它了。還有五分鐘，分針就會指向六時正。

全校學生都要在五時半前離開學校，可我們三人現在還在會室內。

我和美思今天剛好沒有課外活動，所以不用趕着離開。

由於會室的位置較偏僻，所以幾乎沒有老師會來巡查。

可是，我卻不放心。如果被老師發現的話，一定會被責罵。

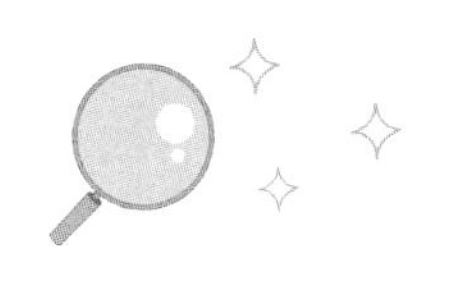

「阿理，好無聊啊。」坐在我旁邊的美思把漫畫擱在吧枱上。

我和美思坐在吧枱的高椅子，我們的雙腳也碰不到地面。這些吧枱桌椅，都是我一位經營酒吧（大人喝酒的店舖）的親戚，因為店舖翻新改裝而拆來送給我的。

在稍微遠離吧枱處，有一部「自動點唱機」，也是親戚給我的。只要投入專用硬幣，它就會自動裝配黑色膠唱片，播放音樂。

這台古老的機器現正播放柔和的旋律，我記得那好像是一首叫《向星星許願》(*When You Wish Upon A Star*)的歌曲。

點唱機約有一百首歌曲，差不多全是古老的英語歌曲，聽那位

親戚說，這種音樂類型好像名為「爵士樂」。

我因為英文不好，所以不知道那些歌詞的意思，可是，那些音樂可以令整個身體放鬆，所以我很喜歡。

「喂，我們該叫他起牀了吧？」等不及的美思開始在旁邊轉來轉去。

「不過，現在還沒到六時啊……」

我從椅子站起來，看向吧枱的另一邊。堤馬用睡袋把自己裹得像隻蓑蛾，睡得十分酣暢。

我回想起三小時前——

堤馬向讀者提出挑戰之後，立即伏在桌上，一直睡到第五堂課的預備鈴聲響起。他在下午的課也是一臉疲倦，眼睛一直是半閉的。放學後，他跟我們一起前往會室。

我和美思當然想知道「烏龜銅像移動事件」的真相。

「堤馬，你知道銅像為什麼會動了吧？快告訴我啊。」在我們走向會室的路上，美思問堤馬。

他大大地打了個呵欠，說：「我也想告訴你們，可是我現在嚴重睡眠不足，腦袋轉不了，無法解釋清楚了。」

看着堤馬邊說邊打開會室的門，我輕輕歎了口氣。

他總是這樣，每次解開了謎題也愛裝模作樣，不肯立即告訴我們。

他本人總是說「要清楚説明可不簡單」，可我卻覺得他是在等待最帥氣的時機才去解釋推理過程。

在堤馬的強烈推薦（強迫）下，我也看過好幾本推理小說。書中的偵探都是在最後召集所有相關的人，然後說句「聽好了」，就開始解釋事件的真相，並會公布誰是犯人。所以我就想，堤馬作為本校的「大偵探」，當然會想模仿一下。

「什麼？快點告訴我啊！這樣下去，我會思考到失眠，換我睡眠不足了。」

聽到美思的埋怨，堤馬嘴角上揚，走進了會室。

「你不用擔心，『烏龜銅像移動事件』今天內就會解決。」

「咦？今日內解決？即是什麼時候？」我眨着眼睛問。

「那個嘛……」提馬花了數秒思考後答：「大概黃昏下午六時左右，『犯人』就會行動。」

「犯人？」美思高聲說。

「這事件有犯人？這麼說來，那個銅像不是活着和自己爬動嗎？」

「當然不是，那只是個普通銅像，自然不會自己活動啊。」提馬邊說邊打呵欠。

「那麼，就是那個『犯人』移動銅像了吧？可是，那個銅像那麼大，而且腳又埋在泥土裏面，究竟是怎樣搬動的？果然是要動用很多成年人和機器嗎？」美思連珠炮發地問。

「不是那樣，我不是說過，如果有很多成年人在校園聚集，那會很顯眼嗎？而且機器會發出聲響，如果真的用這個方法，我們不可能注意不到啊。說到底，要讓那個銅像移動，根本就不需動用到這麼多人。」

「那麼，犯人只是一個人了？他非要移動銅像不可的理由是什麼？」

面對我的疑問，堤馬一邊移動到吧枱的對面，一邊托着下巴說：「嗯……犯人應該是一個人吧，雖然有可能會請同伴來幫忙，但我想最多也只有一兩個人。而那個犯人，是無論如何也得完成這件事。」

「可、可是，這麼少人就可以搬動得了那麼重的銅像了嗎？還有，他為什麼一定要做那種事？」頭腦混亂的我，追問着堤馬。

可是，堤馬卻走到吧枱的最入面，打開一個摺得小小的睡袋，快速鑽了進去。

「沒問題的，只要多待三小時，一切謎團都會解開。現在我要先好好睡一下，之後才可跟犯人對決。那我先睡了，你們六時再叫醒我吧。」

堤馬完全藏進睡袋裏去，說完，就立即閉上眼睛。

回想完三小時前的事，我站起來，走向窗邊，那裏放置着提馬的實驗桌子。提馬平時在會室，會坐在這裏看小説或是做古怪的實驗。現在桌上還放着燒杯，裏面裝有鮮豔的綠色、紫色液體，像是有毒物料似的。

我嗅着刺鼻的氣味，打開了窗戶遠望。

提馬睡着後，我沒有坐在自己平常的位置，反而坐在窗邊，凝望外面。

我觀察着「犯人」會否再到操場角落移動烏龜銅像。可是，沒有任何人前往操場那個角落。

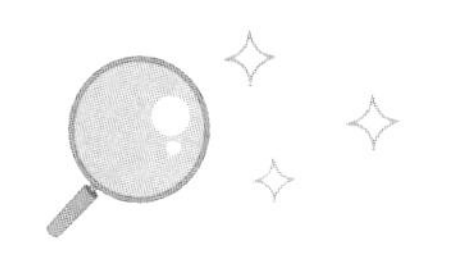

放學後，我看到重田和早乙女同學立即就回家了，下午五時過後，結束了足球訓練的和也同學，也跟他的同伴離開了。

在我發呆望着操場的時候，發現一個成年男子打算從後門離開，但原來是校工叔叔。連大人都離開了，我們在這個時間還留在學校裏真的沒問題嗎？正當我在擔憂，布穀鳥時鐘的小窗打開了，一頭小小的白色布穀鳥出來「咕咕」的叫了六次，已到六時了。

「終於六時了！」美思開心地說完，立即越過吧台大喊，「喂，提馬，起牀了！」

美思還拍着手，想喊醒提馬。

我也從窗邊走回吧枱，隔着吧枱看過去，提馬發出「嗚唔」的聲音後，連着睡袋一起蠕動……他真的很像一條巨大的蓑蛾幼蟲。

「……那很簡單啊，華生。是很簡單的推理啊……」提馬説着夢話。看來，他在夢裏變成了福爾摩斯，正在跟搭檔華生解釋。

竟然在夢中也在推理，果真是名副其實的大偵探。我半佩服半驚訝地看着他，然而美思卻連人帶睡袋地搖晃提馬：「快點起來啊！」

提馬發出「唔、唔唔……」的聲音後，慢慢睜開了眼睛。

「咦？是美思君？我明明正在倫敦跟開膛手傑克對決……」

「真是的，不要再説夢話了。這裏是會室啊，你不是説過六時

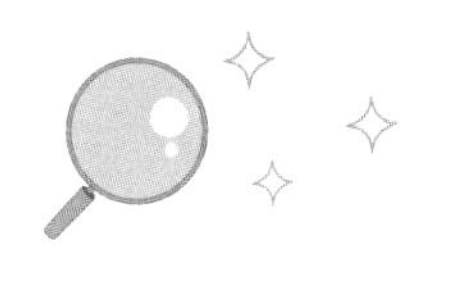

要叫醒你嗎？」

堤馬睡眼惺忪，不知是否因為剛睡醒而頭腦混亂，喃喃地說：

「會室？」

「對，是會室啊。你現在不是要去抓『烏龜銅像移動事件』的犯人嗎？」美思叉着腰說。

堤馬瞪大了眼睛，說：「對啊！是『烏龜銅像移動事件』！」

還在睡袋裏的他想站起來，卻失去了平衡，跌倒在地上。

「你太慌亂了，先從睡袋出來吧。」在吧枱另一邊的我走到堤馬身旁，幫他脫掉睡袋。

「謝謝你，理君。已經六時了嗎？我睡太香了。」堤馬站起

來，從口袋中拿出懷錶確認過時間後，用力地伸了個懶腰。

「怎麼樣？睡醒了嗎？」美思再問。

「嗯，我好好睡了一覺，現在頭腦也清醒過來了。這下子就沒問題了，來，走吧！」

「是要去抓犯人嗎？」美思興奮地問。

「嗯，當然啊。」堤馬走向門口旁的掛衣架，拿起掛在上面的獵鹿帽，戴在一頭亂髮上，然後再披上同款的外套。跟福爾摩斯同樣的服飾，就是堤馬當「大偵探」的制服。

「好了，我們現在就去解決『烏龜銅像移動事件』吧！」

堤馬的聲音響徹了會室。

我們離開會室之後，走到地下換鞋子的鞋櫃*前。

「不過，為什麼一定要等到這個時間？因為要待你恢復精神

* 日本的學生在進入學校時會換上室內使用的鞋。離開學校就換上自己的鞋子。

嗎？」美思一邊換戶外的鞋子，一邊問。

「偵探的身體當然很重要，因為睡眠不足而頭腦變得混亂，是不能好好推理的。不過，最重要的是我想直接在現場抓住犯人啊。」

「直接在現場抓人？犯人正在移動烏龜銅像嗎？」美思瞪大了眼睛問。

堤馬抓抓鼻子說：「嗯……應該怎麼說呢？總之，當學生都回家後，犯人就有極大可能去犯罪了。」堤馬模棱兩可地回答完，穿好鞋子就往外面去。

「咦？堤馬，你要去哪裏？不是那邊，銅像在這邊啊。」堤馬

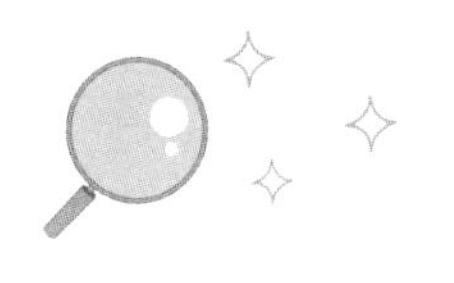

離開校舍，就徑直往前走，我指着位於操場左側、櫻花樹一帶的烏龜銅像處說。

「這邊才對，『犯案現場』不是在那裏。」聽到堤馬的答案，我疑惑地問：「不是在那裏？」

我看到站在旁邊的美思也正歪着頭，一副不明所以的樣子。

「不過，要移動銅像的話，不在它旁邊是辦不到的吧？」我搖搖頭，以圖甩掉混亂的思緒。難道那個銅像是由機械製成，會像遙控車那樣，可以從遠處用遙控器來控制它嗎？

「你仔細看看那頭烏龜啊，它由早上到現在，有動過嗎？」

被堤馬這麼一問，我就凝視着烏龜銅像細看，它就在稍微遠離

樹叢的地方處。

「沒有，它大概跟早上一樣，應該沒有動過吧。」

「正是如此。」堤馬微笑起來。

「因為今天早上，犯人要在那個銅像周圍做的事已經完成，所以再也沒有必要到那裏去了。」

「可是，堤馬你不是說犯人現在正移動着銅像的嗎？」

聽到美思的話，堤馬立即發出「嘖！嘖！」的聲音，同時伸出食指搖擺着，「不對啊，美思君，我只是說『有極大可能去犯罪』而已。」

「那不是一樣的嗎？因為『犯罪』就是指移動烏龜吧？」美思

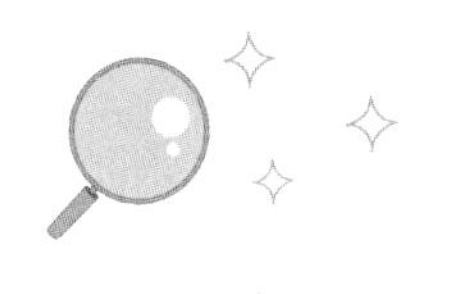

懷疑地說。

堤馬打響了手指說：「就是這個了！」

「咦？即是怎麼回事？」美思皺着眉心說。

「我們一直以為是有人移動烏龜銅像或是烏龜自己動起來，就是因為有這個錯誤的想法，所以把我們搞亂了，而看不清楚『謎團』本身。」

「咦？錯誤的想法是什麼意思？我們不是在調查那頭烏龜移動的原因嗎？」美思越聽越感到混亂，而我也一樣。

我們應該是一直在調查「銅像會移動之謎」吧，可是這卻是個「錯誤的想法」？怎麼回事？

「對不起，這不好理解吧？沒問題，我們去到某個地方，你們就會全都明白了。」堤馬一笑，接着便轉身踏步，「我們走吧。」

我和美思對望了一眼，便立即追趕上他。

他一直向前走，到了一個鐵絲網前就停下腳步，張開雙手說：「就是這裏啊。」

「這裏……你是說庭園？」我難以置信地眨着眼問。

鐵絲網內，有半個網球場大小的寬廣庭園正被斜陽照射着。

「為什麼庭園跟那個烏龜銅像會有關係？」美思皺起了鼻子，問堤馬。

「美思君，你今早上學時不是說過『花已經凋謝了嗎』？」

「嗯，我是說過……」

「那麼，我們現在就去確認花朵是否真的已凋謝吧。」堤馬說着，就打開鐵絲網門，走進了庭園。

「擅自進去會被罵啊。」我縮了縮脖子說。

「你還在意什麼？我們都過了放學時間還留在學校，單是這一點被老師發現的話已經要被罵了，正所謂『一不做二不休』。還是說你們不想知道『烏龜銅像移動事件』的真相？」

被堤馬嘲弄後，我做好了心理準備，穿過大門進去庭園了。

堤馬走在最前面，我們三個就在花圃之

間的道路前進着，直至走到庭園中心的一帶。

「咦？」美思突然說，「好多花都開了啊？」

就如美思所說，鬱金香、油菜花、風信子、粉蝶花、水仙、銀蓮花等，由學生所種出來的各種花卉，正被夕陽照射着，非常漂亮。

「怎麼會這樣的？早上沒感覺有這麼多花的啊……」

「這個……是樹的錯覺。」

「『是的，錯覺』？」聽到堤馬的話，美

思露出一副難以置信的表情，「早上的時候，提馬你也説過『這是你的錯覺』，但這絕對不是錯覺啊。在外面雖然看不到這麼多花，但在這裏看，真的長滿了花啊。」

「不，你少聽了一個字，我不是説『這是你的錯覺』，我是説你因為『樹』而有錯覺。這個庭園種了樹。因為樹葉遮擋住，所以在外面就看不見花了。」

的確，這個庭園除了栽種花朵之外，還種了梅花樹、杜鵑樹、椿花樹等。

「咦？可是，我只有今天才突然覺得少了花啊，之前花朵看起來還是一樣的多，但樹不會突然變多吧？」

「究竟是怎麼樣呢？對了，美思君、理君，你們試觀察今早在鐵絲網附近看到的樹木，會發現到什麼吧？」

「觀察樹木？」我在搞不清情況的狀況下，聽從堤馬的指示，穿過花圃與花圃之間的道路，走向種在鐵絲網附近的樹木處。那些樹木大約到我胸前那麼高，由樹幹生長出來的枝條上面，葉子還長得青翠茂盛。

「都是正常的樹啊，沒有奇怪的地方……」說到這裏，我吸了一口氣，因為我看到在其中一根樹枝上，長着如乒乓球大小的黃色球體。

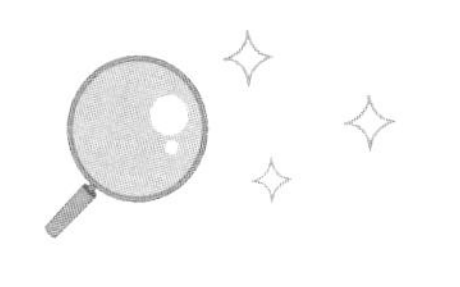

我慌忙伸手觸摸小球，指尖感覺到它那充滿水分又帶點粗糙的觸感。

這是我認識的觸感。冬天的時候，我會拿着它躲在被爐*內。

「這是……蜜柑？」堤馬聽到我發問，走過來説：「正是。因為它現在還沒長大，所以比起我們平時吃的要小得多，而且會很酸，一點也不好吃，但它的確是蜜柑。」

「蜜柑？這個庭院有種蜜柑樹的嗎？」美思回想着説。

「不，沒有啊。如果之前就

＊被爐是日本的傳統取暖工具，它是一張正方形矮桌，上面鋪了一張被子，桌下有電動發熱器。

有的話，我們上科學課的時候，應該會觀察蜜柑的生長吧？不過，我們一直都沒有上過這樣的課，也沒在庭園裏摘過蜜柑，換言之，是最近才有蜜柑樹種在這裏的。」

堤馬緩緩地環顧了庭園一周說：「你們看看啊，庭園裏種植了很多同樣的樹啊。說起來，你們記得今天在什麼情況下聽過關於蜜柑的事情嗎？」

「蜜柑樹……」美思像是在努力搜索着記憶，視線失去了焦點。突然，她大喊：「啊！是小華說的啊！她好像說……以前在那個烏龜銅像附近有很多蜜柑。」

「對，以前在烏龜銅像附近，是種有很多蜜柑樹的；而這個本來沒有蜜柑樹的庭園，卻長了很多蜜柑樹，你們知道發生什麼事了

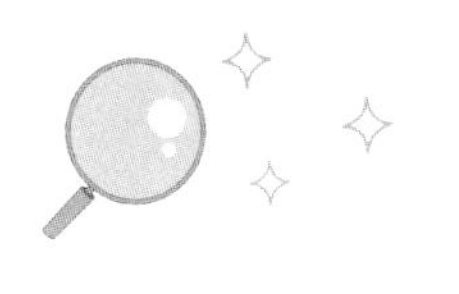

嗎？」堤馬一副問答大賽主持人的口吻問。

烏龜銅像周圍，以前有很多蜜柑樹，而現在這個庭園卻突然出現了很多蜜柑樹，那即是說……

「銅像周圍的蜜柑樹，移植到這裏來了？」因為沒太大信心，所以我小聲地問。

堤馬聽到，露出滿意的笑容，說：「正是如此。好了，既然答對了這個，那應該還有事情可以推理得出來吧？」

「推理……」我在拚命思考着，感覺就像在腦袋內放着煙花。

我用沙啞的聲音說出我的想法：「難道……那個烏龜銅像沒有移動過嗎？」

堤馬拍手說：「答得好！正如你所說。銅像從一開始就沒有移

動過。只是，我們有錯覺，覺得它在動。」

「咦？什麼……這是怎麼回事？」美思吃驚地眨着眼說。

「但它不是有移動嗎？昨天第六堂課之後，它從樹叢之中走出來了，今天早上去看的時候，它又離樹叢更遠了。」

「對，就是樹叢！那才是這次『烏龜銅像移動事件』的核心。我們一直憑蜜柑樹的樹叢位置和銅像之間的距離，去判斷銅像是否移動過。我們覺得它向前移動了，就是因為它走出樹叢，可是，事實卻不是這樣子。」堤馬伸出食指放在臉旁，肯定地說：「是樹叢退後了才對！」

「你的意思是有人把銅像周圍的蜜柑樹移植到庭園這裏嗎？」

美思再次確認地問。

「正是。」堤馬用力地點着頭說，「要移動非常重而且腳部埋在泥土裏的銅像，需要多個成年人和專門的機器，這一定會惹人注意；可是，要移植蜜柑樹，卻沒有那麼困難。移植到這裏的十多棵蜜柑樹，都是一米高左右的小樹，成年人只要用一把鏟子，數分鐘就可以把它們移走。所以，『犯人』可以在我們這些學生不注意下，把銅像周圍的蜜柑樹，一棵一棵移植到庭園。」

堤馬暫停了一下，吸口氣又再說下去：「即是說，今次的事件，是因為蜜柑的樹叢向後退去而引起的。每移植一棵蜜柑樹到庭園去，烏龜銅像和樹叢的距離就會拉開。可是，我們卻沒想過是樹叢被移走了，就有錯覺以為是烏龜向前移動了。這就是真相。」

我一邊聽堤馬解謎，腦袋裏一邊浮出幾個疑問。

我首先問了提馬：「你是何時、怎樣發現不是銅像自己移動，而是樹叢減少的呢？」

「我確信這個真相的時間點，就是午飯時我們前往音樂室，在窗戶看着操場的時候。」

「咦？我也有看到，但就是跟昨天一樣啊。」

「對，就如理君所說，完全沒有變化。這是個重要線索。」

「怎麼回事？」我不明白提馬的話，皺着眉問道。

「你仔細想想，烏龜銅像昨天只走到樹叢對出的位置，可是今天卻距離樹叢一米以上。如果那個烏龜真的移動了的話，那麼你在音樂室不應該只看到它的頭，應該連龜殼也可以看到才對啊。」

這麼一說，對啊，我不禁「啊」了一聲，提馬像是很高興。

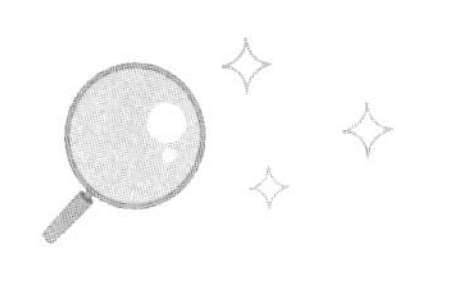

「對，在音樂室看到的，跟昨天看到的一模一樣，那即是說，銅像並沒有移動過。可是，在操場卻可以看見烏龜跟樹叢明顯地遠離了，這顯示答案只有一個。」堤馬把食指伸到鼻子前，「移動的，不是烏龜銅像，而是樹叢。」

正當我對堤馬的推理深感佩服的時候，美思突然問：「可是，是誰、又為了什麼而要做這種事？」

她的問題，也是我好奇的地方。

究竟是誰、為了什麼目的而要做這件事？

「這個嘛……」正當堤馬想解釋，突然傳來鐵絲網大門被打開的聲音。我和美思嚇得身體抖動了一下。

「哎呀，『一說曹操，曹操就到』，『犯人』剛好回來了。」堤馬一副輕鬆的口吻說。

「你說犯人回來了？那我們要怎麼辦？得躲起來才行吧？」美思緊張得歪着臉，悄悄說。

在門口約兩米高的梅花樹影之間，隱約看到有人站着。

「沒有這個必要，我們走吧。」

堤馬說完，便沒半點猶豫地走向梅花樹。

「等、等我們一下啊！」我和美思縮着脖子，緊跟在他後面。

在梅花樹下面，可以清楚看到人影，那不是小孩，而是一個成

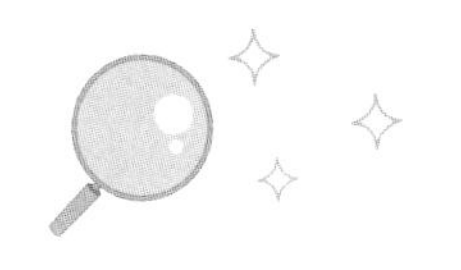

年人。究竟誰是「犯人」？我們不躲起來真的沒問題嗎？

「有人在嗎？」梅花樹的陰影處傳來了聲音，是一把我們聽過的聲音。

「咦？難道是……」

堤馬向着嚇得僵硬的我和美思，用高亢的聲音說：「好了，現在就來為你們介紹『烏龜銅像移動事件的犯人』！」

我和美思看到那個「犯人」後，嚇得目瞪口呆。

「咦，原來是你們啊？」真理子老師在陰影處走出來，看着我們微笑。

「你們在這裏幹什麼？已經過了要離校的時間了。」老師微微瞪着我們問。可是，因為我的腦袋太混亂了，所以完全回答不了她。

看到我和美思張口結舌，真理子老師有點擔心地問：「你們沒事嗎？」

「他們沒事，只是被嚇到不懂反應而已。」提馬代我們回答。

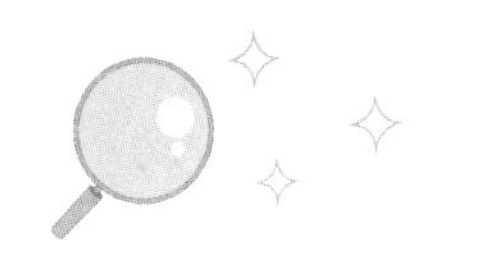

「他們被什麼嚇到了？」

堤馬聽到真理子老師的問題，笑着回答說：「被『烏龜銅像移動事件』的真兇嚇到。」

「哎呀，已經發現了嗎？果然是大偵探啊。」真理子老師沒有否認，還說笑。

「真理子老師真的是『犯人』嗎？你獨自一人把銅像周圍的蜜柑樹移植到庭園來嗎？」我啞着聲音問。

「是的，不過我有請過校工來幫忙。要獨自完成，又不被學生發現太困難了。」

「可是，真理子老師你為什麼要做這件事情？」今次輪到美思提問了。

「呵呵。」真理子老師不禁笑出來，「那是為什麼呢？大偵探提馬已經全部弄明白了嗎？」

看到她挑釁似的瞇着眼説話，提馬充滿自信地回答説：「當然。」然後把目光投向美思，「是美思給我提示的。」

「咦？我嗎？」美思指着自己問。

「對，你記得我最初説要調查銅像時，你為什麼不想去？」

「就是因為那邊有毛毛蟲啊……」

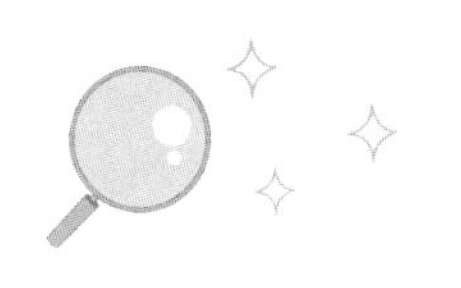

「就是這個！毛毛蟲！」提馬指着美思的鼻尖說。

「毛毛蟲是很挑吃的，雖說牠是『草食』的，可牠會吃的葉的種類有限。如不屬於這個種類，牠寧願餓着肚子也絕不會吃。而蜜柑科的葉子，就有一種昆蟲誕下的毛毛蟲喜歡吃。」他像是想故弄玄虛似的，中間頓了頓，吸一口氣再說，「是燕尾蝶啊。」

「燕尾蝶即是那些黃色的蝴蝶嗎？」美思問。

提馬點點頭說：「那是柑橘鳳蝶，通常會被人統稱為『燕尾蝶』。『燕尾蝶』其實還有黑鳳蝶、白紋鳳蝶等不同顏色不同大小的蝴蝶，牠們都是吃蜜柑科植物的草食昆蟲。」

「你懂得真多啊，提馬。」

得到真理子老師讚賞，提馬得意洋洋地哼了一聲：「大偵探的腦袋內儲有各種各樣的知識，因為事前不會知道解開『謎團』需要用到哪種知識。我也沒想過，有關毛毛蟲食物的知識，可以解決今次事件。」

「咦？是說那種樹上會有很多毛毛蟲嗎？」害怕毛毛蟲的美思皺着整張臉說。

「美思君，你放心啊，昨天午飯去調查銅像的時候，理君已經確認過沒有毛毛蟲了吧。」

「可是，你不是說蜜柑樹上有毛毛蟲嗎？而且那一片樹叢本來就是有很多毛毛蟲而聞名啊。」美思害怕的神情並沒有消失。

「之前的確有很多毛毛蟲，但現在已經沒了。」

「是消失了嗎？」美思充滿懷疑地問。

「牠們不是消失了，只是變了另一個形態。你昨天不是開心地坐在櫻花樹上看牠們嗎？」

「開心地看牠們？我有嗎？」美思低頭思考了數秒後，一副豁然開朗的表情抬起頭説：「是昨天看到的蝴蝶！」

「正是。毛毛蟲長大後就會蛻變成蝴蝶，而在樹叢裏的毛毛蟲，也全都變成蝴蝶了。」

堤馬用食指撥開蜜柑樹的葉子，露出一個幼長的棕色團塊。

「你們知道這是什麼嗎？」真理子老師問。

美思用力舉手回答說：「我知道！是蛹，是蝴蝶的蛹！」

「答對了。毛毛蟲長大後會變成蛹，在蛹裏面蛻變成蝴蝶，這就稱為『變態』。當牠們變態完成後，蝴蝶就會破蛹而出了。」真理子老師像在教學一樣說。

「可是，為什麼一定要在毛毛蟲結蛹的時候，把銅像周圍的蜜柑樹移植到庭園裏去？」我把手放在嘴邊問道。

堤馬斜眼望着我，說：「理君，你記得昨天有球飛過來，你幫重田君擋下了嗎？」

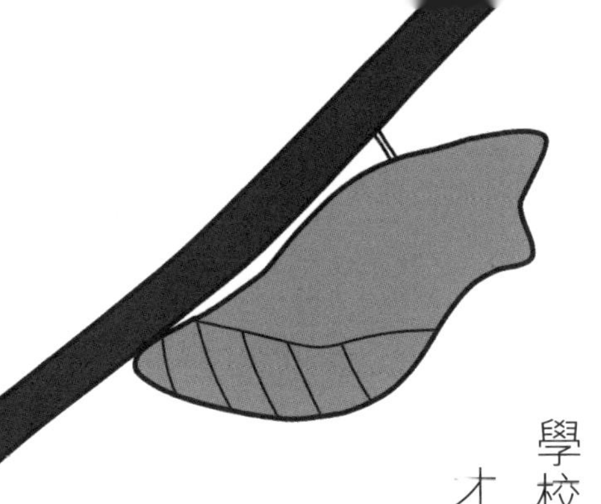

「嗯，當然記得。」

「那一帶常有球飛過來，如果那些小小的蛹被打中，一定會抵受不住。」

「那是為了保護蝴蝶蛹，才要把樹移植到庭園來？」我環顧四周，學校為了保護這裏的植物，所以才在庭園圍起鐵絲網。

把樹種在這裏的話，的確不用擔心蝴蝶蛹會被球打中。而且，庭園裏開

滿了花，蝴蝶破蛹而出之後，就可以盡情吸食花蜜，健康地在花叢中飛舞。

「不單單是這樣啊。」真理子老師補充，「以前常有學生爬到烏龜銅像的龜殼上玩，又掉下來受傷。因為這太危險了，所以學校就決定在它的周圍種蜜柑樹，讓學生不能接近。可是，蜜柑樹長高之後，把烏龜擋住了，學生都看不見它了。校長認為難得畢業生送來這麼漂亮的銅像，我們卻把它藏起來，這可算是非常失禮，所以要我們把蜜柑樹移走，讓大家能夠重見銅像。」

「不過啊，」她再補充，「在那個又圓又滑的龜殼上玩耍實在太危險了，所以我明天會豎立一個『不可嬉戲』的牌子。」

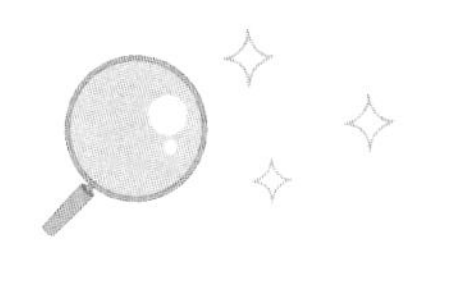

「好厲害啊，這下子，『烏龜銅像移動事件』就完全解決了。」美思很高興。

「哎呀，真的都解決了嗎？」真理子老師調皮地瞇起眼睛問，「你還沒有解釋為什麼知道我就是『犯人』啊。」

正如真理子老師所說，就算堤馬知道是有人為了保護蝴蝶蛹而移植蜜柑樹，但也不知道是誰做的啊。

「來，堤馬，告訴我為什麼你會認為我就是『犯人』？作為懸疑推理學會的顧問老師，我想知道『大偵探』的實力。」

「很簡單，理由有兩個。」堤馬舉起兩隻手指說。

「首先，是老師你的衣着。我們中午碰見你時，你是穿運動套

裝的；可是，在第六堂課後，卻看到你換上了連衣裙。即是説，你很可能在午飯和第六堂課之間把衣服弄髒了。」

「就算我弄髒了衣服，也不一定是因為移植蜜柑樹的啊。」

「對，但是昨天中午我們問你關於烏龜銅像的事情時，你沒有告訴我們蜜柑樹的事。移植蜜柑樹一事，應該全部老師都知道才對。這就是我認為真理子老師

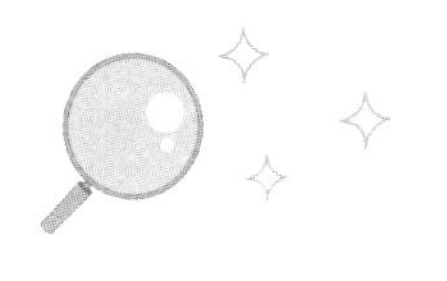

是犯人的另一個原因。」

「原來如此。不過，就這樣，也不算是完美的推理。你知道我為什麼要瞞着你們偷偷移植蜜柑樹嗎？」真理子老師好像很高興地問。

「是問『犯罪的動機』吧。我當然知道啊。因為真理子老師授課的時候，總是盡力讓我們更容易明白啊。」

「咦？為了讓我們容易明白，所以要偷偷移植蜜柑樹？」我實在聽不明白，所以反問堤馬。

「對啊，理君，你記得明天第一堂課是什麼嗎？」

「第一堂課……」我想了想上課的時間表。

「唔……好像是科學課，我記得要學『昆蟲的生態』……」我說到這裏，吸了一口氣，「難道是為了明天的課？」

「對，真理子老師為了讓我們上科學課上得更加開心，所以總是讓我們觀察和做實驗。所以，她就把明天上課要用到的蜜柑樹移植到庭園裏，那就不用擔心有球飛過來，我們就可以專注地觀察蝴蝶由

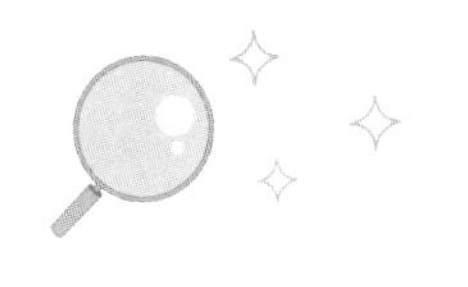

幼蟲、結蛹再變為成蟲。」

「可就算這樣，也不用刻意瞞着我們吧？」美思歪着頭問。

真理子老師聽見，嘻嘻笑起來說：「因為我看到，反正一切都努力準備好了，不如嚇大家一跳吧。有着這樣的震撼畫面，大家就會覺得課堂更好玩了吧。」

堤馬環視大家，說：「這下子，『烏龜銅像移動事件』就全部解決了。」

真理子老師拍着手，說：「你們是時候回家了。就看在堤馬那麼精彩的推理份上，我就不追究你們這麼晚還留在學校吧。你們要好好期待明天的課啊，明天見了。」

真理子老師說完，向我們眨眨眼。

日落西山的夕陽光線照射在我們臉上，我們懸疑推理學會的三人，大聲回應真理子老師：「好的，明天見。」

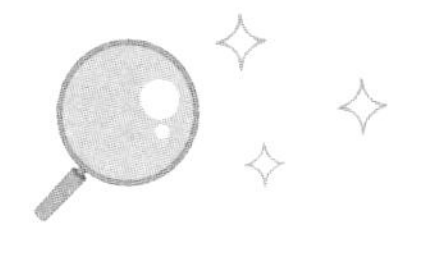

終章

「嘩，好厲害啊！看啊，阿理！」美思興奮地説，同時猛力地搖着我的胳膊。

「我在看啊，我在看啊，你冷靜點！」我邊提醒着美思，邊凝視着眼前的蜜柑樹枝上的蝴蝶蛹。

棕色的蛹在蠕動着，它的頂部開始破開，可以看到裏面擠着一頭巨大的黑色燕尾蝶的身體。

「嘩，是黑色的，不是一般的燕尾蝶啊。」美思用高亢的聲音説。

在美思旁邊的提馬開始解釋：「這是碧鳳蝶啊，是燕尾蝶的一

種，牠的翅膀是很漂亮的啊。」

蛻變完成的碧鳳蝶張開大翅膀，我不禁「嘩」的一聲喊了出來。碧鳳蝶的翅膀捆着黑邊，滲透出淡淡的水藍色，實在非常漂亮，那雙翅膀反射着日光，看起來就像寶石一樣閃閃生輝。

「蝴蝶這種生物，由幼蟲、蛹、成蟲，身體在一生裏有着巨大的變化，這叫做『完全變態』，除了蝴蝶之外，獨角仙、瓢蟲等，都屬於這一類生物。相反，如果幼蟲和成蟲都有着一樣的形態，就叫做『不完全變態』……」

真理子老師站在稍遠的位置，講解着昆蟲的生態。

在「烏龜銅像移動事件」翌日的科學課，幸得真理子老師辛勞地移植蜜柑樹，她得到了很好的評價和回應，班上的同學都熱烈地

在庭園裏觀察着蝴蝶的生態。

「太一，你看，那邊的蝴蝶好漂亮啊。你最喜歡哪一款蝴蝶？」早乙女同學拉着重田的手，罕有地小跑着。

「你不要那麼心急，會跌倒啊。」重田説着，可卻一臉開心。

在上課前，我們告訴重田「烏龜銅像移動事件」的真相。

聽到堤馬的解説後，重田睜大了眼睛，拍着胸口説：「什麼？竟然不是銅像移動嗎？」

「好了，大家過來集合吧！我要給你們派發蝴蝶種類的補充資料。」真理子老師捧着一疊紙，一邊用力地揮手召集大家。

我們回答着：「好的！」然後走向真理子老師。

這時，無數的蝴蝶在開
滿花卉的多彩庭園中飛舞着，
翅膀反射出閃爍的光輝。
第三冊完

由《放學後懸疑推理學會》系列的插畫家 Gurin.，教大家如何繪畫大偵探堤馬！

附錄 1
繪畫堤馬的方法

❶ 先畫出臉部輪廓。

❷ 再畫上耳朵。

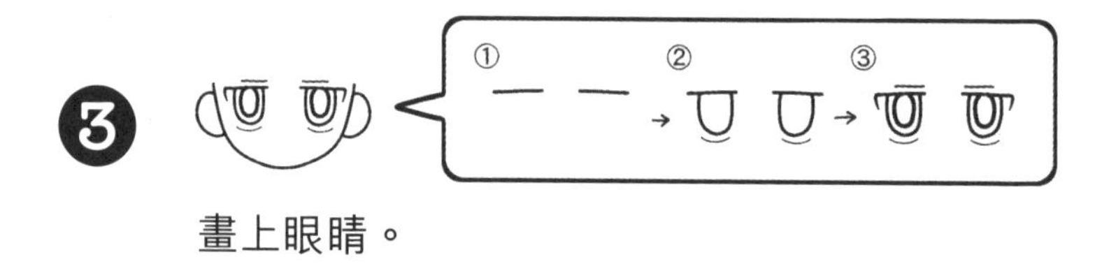

❸ 畫上眼睛。

❹ 畫上鼻和口。

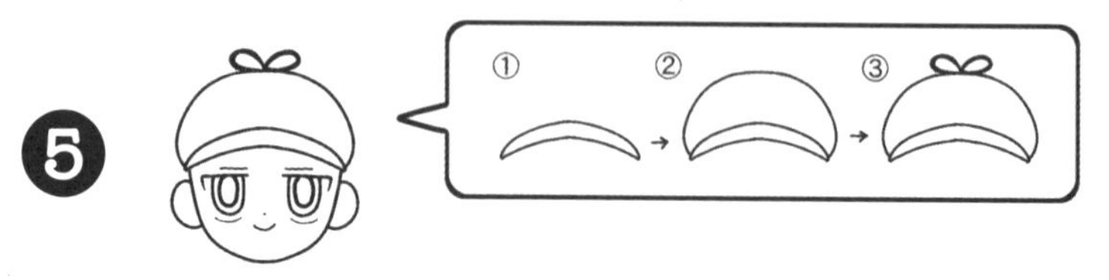

❺ 為他戴上帽子。

❻ 畫上頭髮和眉毛。

❼ 為眼睛和帽子上色。

附錄 2
堤馬的用語介紹

p.30
事不宜遲，打鐵要趁熱

好事應該要盡快去實行。

p.123
一不做二不休

指事情既然做了開頭，就索性做到底。

p.134
一說曹操，曹操就到

形容人或事來得非常及時。

服裝介紹

附錄 3
堤馬的推理小說推介

《ABC殺人事件》

阿嘉莎·克莉絲蒂　著

大偵探白羅收到一位名為「ABC」的神秘殺人犯的殺人預告信，而這正正是連續殺人事件的開端。受害者都是順着英文字母順序而被殺的，而犯案現場都會留下一本鐵路時間表……

出現頁數
第24頁

適合高小或以上學生閱讀

有興趣就去讀讀看吧！

福爾摩斯全集：
《血字的研究》

柯南·道爾　著

大偵探福爾摩斯首次出場的作品。故事講述華生開始跟福爾摩斯同住在貝克街，有一天，倫敦警方前來委託他們調查一宗在一間空屋發生的兇殺案。

出現頁數

第40頁

適合高小或以上學生閱讀

大偵探福爾摩斯：
《最後一案》

柯南·道爾　著

大偵探福爾摩斯全力揭開犯罪集團首腦詹姆斯·莫里亞蒂教授的真面目。他和莫里亞蒂在瑞士的瀑布懸崖邊對決，他的命運會如何呢？

出現頁數

第44頁

適合中小學生閱讀

書後隨筆

知念實希人

各位，你們喜歡睡覺嗎？我本人是很喜歡睡覺的。就算寫書或工作很忙，晚上我也會好好去睡。這樣日間就不會覺得睏，可以寫出好看的故事送給大家。不過，我想各位之中，也有人喜歡熬夜吧？有時候玩得太開心，如果要早睡的話，你們就會覺得很可惜吧？

其實人為什麼需要睡覺呢？睡覺可以帶來各種各樣的益處，接下來，我會說明當中特別重要的兩點。

其中一點，是可以鞏固記憶。睡覺可以把大家在學校等地方學習回來的知識鞏固起來，讓你一直牢牢記住。

另一點，睡覺可以讓身體健康地成長。睡覺的時候，大家的身體會分泌出一種名為「成長荷爾蒙」的東西。這種荷爾蒙可以消除大家身體的疲勞，讓大家長高。順帶一提，因為我是醫生，以前工作經常需要「當值」，從黃昏開始，一直待在醫院到第二天的正午十二時，治療晚上來醫院的病人。像這樣子沒睡一晚，到早上就會變得很疲累，腦袋也無法思考。在故事裏面，提馬也因為睡眠不足而令腦袋轉不過來。

看到這裏的各位，相信你們現在也明白到睡眠有多重要。俗語說「一眠大一吋」，這是真的。所以大家除了好好玩耍、好好學習，晚上還要好好睡覺啊。那麼，第二天早上，就會舒適地醒來，身體恢復活力，學習過的內容也能牢牢記住了。

劇情預告

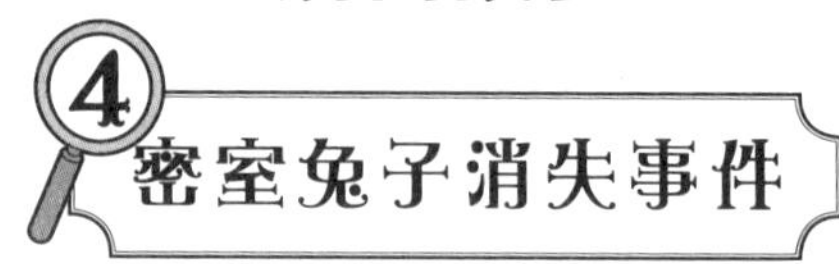

一個夏天的黃昏，學校兔子屋裏的兔子消失了！究竟是誰、為了什麼，又怎樣把兔子從密室帶走？請各位讀者也一起來解謎，我等待你們的推理啊！

放學後懸疑推理學會 3
烏龜銅像移動事件
作　　者：知念實希人
繪　　圖：Gurin.
翻　　譯：HN
責任編輯：黃碧玲
美術設計：徐嘉裕
出　　版：新雅文化事業有限公司
香港英皇道499號北角工業大廈18樓
電話：(852) 2138 7998
傳真：(852) 2597 4003
網址：http://www.sunya.com.hk
電郵：marketing@sunya.com.hk
發　　行：香港聯合書刊物流有限公司
香港荃灣德士古道220-248號荃灣工業中心16樓
電話：(852) 2150 2100
傳真：(852) 2407 3062
電郵：info@suplogistics.com.hk
印　　刷：中華商務彩色印刷有限公司
香港新界大埔汀麗路36號
版　　次：二〇二四年五月初版

ISBN: 978-962-08-8391-0
Houkago Mystery Club 3 Ugoku Kame No Douzou Jiken

18/F, North Point Industrial Building, 499 King's Road, Hong Kong
Published in Hong Kong SAR, China
Printed in China